Walzel, Oskar

Richard Wagner in seiner Zeit und nach seiner Zeit

Walzel, Oskar Franz

Richard Wagner in seiner Zeit und nach seiner Zeit

Inktank publishing, 2018

www.inktank-publishing.com

ISBN/EAN: 9783750113015

Richard Wagner

in seiner Zeit und nach seiner Zeit

Eine Jahrhundertbetrachtung

von Oskar Walzel

München 1913

Georg Müller und Eugen Rentsch

Richard Wagner war mir in jungen Tagen eins der stärksten künstlerischen Erlebnisse. Ich saß auf der Schulbank, als der „Ring des Nibelungen" seine erste Aufführung in Bayreuth fand und von da aus seine Wanderung durch die Welt begann. Wien durfte sich damals rühmen, die Darstellung der Trilogie Künstlern anvertrauen zu dürfen, die in Bayreuth mitgearbeitet hatten. Als ich im Sommer 1883 die Schule verlassen hatte, pilgerte ich nach Bayreuth. In Wagners Todesjahr umwob den „Parsifal" auch noch der Zauber, der dem Werk eines Jüngstverstorbenen entströmt. Diesen Zauber steigerte noch die bange Frage, ob Bayreuth nach Wagners Hingang auf dauernde Werbekraft rechnen dürfe.

In dem Menschenalter, das seitdem verstrichen ist, gab es Jahre, in denen ich mit Wagners Werken überhaupt nicht in Fühlung trat. Trotzdem verspürte ich in seelisch gehobenen Augenblicken, wie tief sich Wagners Stimmungskunst mir eingeprägt hatte. Unversehens wurden in mir Erinnerungen an Wagners Werke wach, wenn das Leben aus der Ferne das Gebiet von Gefühlen berührte, die Wagner mir geschenkt. Eine Rheinfahrt von Bingen nach Biebrich, in stiller, glänzender Mondnacht, strömte überwältigend Stimmungen Wagners aus. Oder die Welt der Gralsburg des „Parsifal" wurde mit einem Schlag in mir wieder lebendig, als ich zum erstenmal den Mainzer Dom betrat und die Blicke staunend an den Wänden emporschweifen ließ. Machtvoll vergegenwärtigte ein strahlend heller Himmel am Meeresstrand einer deutschen Nordseeinsel, ein Morgen, leuchtend in sonnenbeglänztem Blau, ein Augenblick des Alleinseins mit einer Natur, die eine stählende, anspornende und steigernde Sprache redete, mir die siegbewußte, von kühner Hoffnung beschwingte Stimmung, in der, verklärt vom „heitersten blauen Himmelsäther", die Schlußszene des „Siegfried" einsetzt.

All das liegt weit zurück! Ganz neu und frisch aber sind noch die Eindrücke, die hier in Dresden meisterhafte Darstellung von Wagners Werken mir gewährte. So nahe war mir Wagners Kunst noch nie getreten. Und mit Freude beobachtete ich, wie sie mir alles wiederbrachte, was einst undeutlicher und doch schon seelisch tiefbewegend mir aus ihr erstanden war. Zwei Künstler schenkten mir vor allen dieses nachhaltigste Miterleben: Marie Wittich und Alfred von Bary.

Gleichwohl vermied ich bisher, das innere Verhältnis zu Wagners Kunst in gedruckte Worte umzusetzen, ließ es vielmehr nur im Hörsaal zur Geltung kommen. Endlich aber führten mich Erwägungen, die durch die hundertste Wiederkehr der

Geburtstage Ludwigs, Hebbels und Wagners äußerlich bedingt waren, und die Notwendigkeit, in gesprochenem Wort wie in schriftlicher Darstellung das Verwandte und das Gegensätzliche der drei Künstler festzustellen, zu dem Entschlusse, Wagners Wesen, Kunst und Denken aus seiner Zeit heraus zu entwickeln, und zugleich zu dem Versuche, unserer Zeit begreiflich zu machen, warum sie von Wagner abzurücken beginnt. Nicht will ich den neuanhebenden Streit um Wagner mit lauten Kampfrufen schüren; mein persönlicher Anteil soll zurücktreten, damit ich den Einwänden gerecht werden kann, die heute gegen Wagner sich erheben. Doch ich ziehe, was seit Nietzsche gegen Wagner vorgebracht wird, in den Kreis meiner Betrachtung, nicht um ein Werturteil oder gar eine Verdammung auszusprechen, sondern um ein schärfer umrissenes Bild zu gewinnen. Auch von Verneinern läßt sich lernen; es gilt nur, die Züge eines Künstlers und eines Kunstwerks, die andere zu abfälligen Aussprüchen veranlassen, auf ihre Voraussetzungen zu prüfen und sich zu fragen, wieweit sie im Rahmen der ganzen Persönlichkeit und des ganzen Kunstwerks eine Notwendigkeit waren. Dieses Ganze und Geschlossene der künstlerischen Persönlichkeit Wagners möchten die folgenden Blätter darlegen. Darum scheuen sie nicht davor zurück, Frühergesagtes zu wiederholen und Dinge zu erörtern, die dem Kenner geläufig sind. Ist doch der Kreis der Kenner engumgrenzt; und meine Erfahrung sagt mir überdies, daß die große Mehrheit dankbar ist, wenn ihr eher zu wenig als zu viel Vorkenntnisse zugemutet werden. Überdies bin ich mir bewußt, daß die von mir gebotene Verknüpfung der Einzelheiten kaum an einer anderen Stelle zu finden ist, noch weniger aber der Gesichtspunkt, von dem aus diese Einzelheiten gesehen sind. Einer Erweiterung fähig und bedürftig sind meine Darlegungen — darüber gebe ich mich keiner Täuschung hin — nach der Seite des Musikalisch-Technischen. Ja, ich wäre dankbar und glücklich, wenn ein Fachmann diese Erweiterung vornähme und zugleich in wissenschaftlicher Form ein weites Gebiet erforschte, von dem die Literatur über Wagner bisher recht wenig zu erzählen hatte.

Schon die Entstehung dieser Blätter bedingt, daß vielfach Beziehungen zu meinen jüngsten Äußerungen über Hebbel und Ludwig sich einstellen. Ich glaube indes nicht, mich wiederholt zu haben, darf vielmehr zu besserem Verständnis ebenso auf mein neues Hebbelbüchlein wie auf die Studie „Leben, Erleben und Dichten" von 1912 verweisen.

Zusammengehalten werden alle diese Schriften und Aufsätze durch den Wunsch, künstlerische Eigenheiten begreiflich zu machen, die leichter abzulehnen als zu erfassen sind. Wohlfeile Verneinung vermeide ich mit Absicht; wer indes auch da, wo ich abzusprechen scheine, einen Standpunkt besseren Verständnisses entdeckt, der sei meiner Zustimmung von vornherein versichert. Der Weg von subjektiv bewertender Kritik bis zum restlosen Verständnis eines Kunstwerks oder gar eines Künstlers ist unendlich weit. Er kann deshalb nicht in einem einzigen Marsch zurückgelegt werden. Ob ich indes, soweit Wagner in

X

Betracht kommt, künftig noch besseres Verständnis mir schaffen werde, steht dahin. Denn auch ich beginne an mir zu fühlen, daß unsere rasch vorwärtseilende Zeit von Wagner weglockt.

Dresden, am 26. April 1913

O. Walzel

Im Wiener Fremdenblatt vom 15. Oktober 1876 fällte Ludwig Speidel, der führende Kritiker Wiens und treue Kampfgenosse des Wagnerhassers Eduard Hanslick, über den „Ring des Nibelungen" das Urteil: „Nein, nein, und dreimal nein, das deutsche Volk hat mit dieser nun offenbar gewordenen musikalisch-dramatischen Affenschande nichts gemein, und sollte es an dem falschen Golde des ‚Nibelungen-Ringes' einmal wahrhaftes Wohlgefallen finden, so wäre es durch diese bloße Tatsache ausgestrichen aus der Reihe der Kulturvölker des Abendlandes."

Wirkt dieser Ausspruch heute wie ein Fossil, auf das man unversehens stößt und das der Laie vergeblich der gewohnten Vorstellungswelt einzuordnen sucht, so entpuppt sich als falscher Prophet doch auch Spielhagen, der im gleichen Jahr 1876 einer Gestalt seines Romans „Sturmflut", einem geistvollen Weltmann, die Worte in den Mund legt, „wie er in Wagner nicht den Propheten der Zukunft, sondern im Gegenteil den letzten Epigonen einer großen Vergangenheit sehe, ... wie der blinde Fanatismus seiner Anhänger und die tyrannische Unduldsamkeit, mit der sie jede anderseitige Meinung niederschrieen, ... nicht als ein Beweis ihrer Stärke, sondern umgekehrt ihrer Schwäche gelte, deren durchbohrendes Gefühl sie auf diese Weise zu übertäuben suchten; und wie ... das einzig Tröstliche an der ganzen Sache sei, daß die Gewaltherrschaft, die die Wagnerianer usurpierten, auf zwei Augen stehe, nämlich auf denen des Meisters selbst, und daß sein Reich, sobald er vom Schauplatz abtrete, einfach deshalb in Trümmer gehen müsse, weil seine sogenannte Theorie nicht auf wahrhaften Kunstprinzipien ruhe, nicht aus dem Wesen der Kunst mit Notwendigkeit resultiere, sondern nichts weiter sei, als eine Abstraktion seiner allereigensten, gewiß höchst begabten, höchst energischen, aber auch ebenso kapriziösen, exzeptionellen Natur, von der man allen Ernstes sagen könne, daß man ihresgleichen schwerlich jemals wiedersehen werde."

Das deutsche Volk, und nicht bloß das deutsche, hat am „Ring des Nibelungen" Wohlgefallen gefunden, und seit Wagners Hingang ist ein Menschenalter verstrichen, ohne daß der Zusammenbruch seines Reichs, den Spielhagen vorausgesagt hatte, Tatsache geworden wäre. Ja, die ersten Jahrzehnte nach Wagners Tod brachten ein sicheres und stetiges Wachsen seiner Gemeinde. Nicht nur innerhalb der deutschen Kultur, nein, im Rahmen der Weltkultur eroberte Wagner sich einen festen Platz. Was von seinem Schaffen während seines Lebens vielen, ja der Mehrheit als befremdend, unverständlich, beleidigend, sogar empörend erschienen war, wurde mehr und mehr zu Selbstverständlichem und gelangte so an die sicherste und bestbehütete Stelle, an der in unserer Vorstellungswelt Kunstwerke ruhen können. Nur eine Gefahr droht ihnen an solcher Stelle: gegen das Selbstverständliche werden wir leicht gleichgültig.

Doch nicht Gleichgültigkeit hat Wagner heute, da die hundertste Wiederkehr seines Geburtstages bevorsteht, zu erfahren. Hielt schon die Frage, ob „Parsifal" dem Bayreuther Festspielhaus vorbehalten bleiben soll, die Aufmerksamkeit wach, so

2

scheint es überdies, als ob gerade jetzt ein neuer Kampf um Wagner entbrennen möchte. Waltet vielleicht eine Art innerer Notwendigkeit, wenn der Nachruhm großer Künstler ein Menschenalter nach ihrem Tod ins Wanken gerät? Welche Zeit war goethefremder, als die sechziger Jahre des 19. Jahrhunderts? Was bedeutete Lessing den Romantikern von 1810, was Schiller den Jungdeutschen von 1835? Um die Mitte des 17. Jahrhunderts vertrieb der Puritanismus die Dichtungen Shakespeares von der englischen Bühne. Leichtfertig aber wäre es, mit einem eilig zurechtgemachten geschichtlichen Gesetz, mag es auch der Generationenlehre entgegenkommen, über die Strömung wegzuschreiten, die heute Wagner sich entgegenstemmt. Nicht das Alter, sondern die Jugend, nicht engherzige Anwälte des Erprobten und Gewohnten, sondern Vorkämpfer des Lebendigen, des Fortschritts und der Zukunft sind jetzt am Werk. Sie rufen nach einer neuen Prüfung des Falles Wagner. Wer diesem Ruf sein Ohr eigensinnig verschlösse, stünde nicht besser da, als die erbgesessene Kritik von einst, die mit groben Worten Wagner und sein Werk vernichten zu können glaubte.

Klug und einsichtig verzeichnete vor kurzem der Franzose Henri Lichtenberger die Vorwürfe, die von der Gegenwart gegen Wagner erhoben werden. Er schloß sich ihnen nicht an, aber er würdigte ihre Bedeutung, ohne deshalb Wagner zu nahe zu treten. Großsprecherei des Wortstils und hochtrabendes Pathos werden heute Wagner zur Last gelegt. Gekünstelt sei seine mythologische Welt mit ihren überlebensgroßen Gestalten, ihrem überspannten Heldentum, ihrem ewigen Symbolismus. Schwulst, Übertreibung, Oberflächlichkeit seien ihm eigen. Schärfer als diese Urteile, die den Stempel einseitig subjektiven Gefühls ebenso deutlich tragen, wie manche Wendung, mit der einst der alte Goethe und sein zweiter Faustteil abgetan wurden, trifft die Beobachtung, daß vollkräftigen und gesunden Naturen von der Art Luthers, Goethes, Bachs oder Beethovens nie und nimmer Wagner gleichgestellt werden könne, mit seinem maßlosen und unharmonischen Charakter, der stets hin und her gerissen worden sei von einem hochgespannten Machtinstinkt und einem nach Nirwana trachtenden religiösen Trieb. Eine tragische gespannte Pose, ein Überidealismus, der aller irdischen Wirklichkeit fern bleibe, entstelle daher Wagners Werke.

Zum Teil klingen da Sätze an, die schon vor dreißig und mehr Jahren gegen Wagner ausgespielt worden waren. Und wie einst im Namen von Johannes Brahms Hanslick und Speidel gegen Wagner fochten, so tritt heute eine ästhetisch feinfühlige Jugend auf die Seite von Brahms, in dessen Schaffen sie eine durchgebildetere Geistigkeit zu verspüren meint. Grobschlächtig und von unveredelter Sinnlichkeit erscheinen ihr Wagners Menschen und Wagners Töne. Rückblickend meint sie, in Wagner und in Makart gleichwertige Vertreter einer überwundenen Zeit zu erkennen, die dem fortgeschrittenen und künstlerisch echteren Wesen unserer Tage nicht genügen.

Gern sei der energisch vorwärtsstrebenden Jugend freie Bahn gelassen, wenn sie für das Recht kämpft, das mit ihr geboren ist! Wie käme Fortschritt zustande, wenn zukunftsfrohen Hoffnungen und Wünschen mit der Aufforderung begegnet würde, sich demütig vor dem Werk der Väter zu beugen? Der Widerwille gegen die Kunst von gestern ist die beste Stütze und der

4

sicherste Anhalt für die Kunst von morgen. Doch neben solcher grundsätzlich ungeschichtlichen Art bleibt es das Recht der vielgescholtenen historischen Betrachtung, eine Persönlichkeit von Wagners Wucht unbefangener zu würdigen und zu verstehen. Historische Betrachtung wird damit nicht zur Verteidigerin der Tradition und eines lähmenden Historismus. Sie erhebt nur den Anspruch, eine geschichtliche Erscheinung richtiger einreihen und begreifen zu können, als die Zeit, der diese Erscheinung angehört hat. Sie weiß, daß auch die Größten von ihrer Zeit bedingt sind, daß auch der Machtvollste nicht ganz von den Zügen seiner Zeit sich freimachen kann. Und wie diese Züge sich der Nachwelt deutlicher weisen, als der Mitwelt, so kann die Nachwelt auch genauer bestimmen, um wieviel ein Künstler über seine Zeit hinausgekommen ist. Diese Überwindung der eigenen Zeit ist das Große, Bedeutsame und Dankenswerte, das in Persönlichkeiten von Wagners Art sich vollzieht.

Wagners Entwicklung fällt in das Zeitalter des jungen Deutschlands und des Materialismus. Jungdeutschem Wesen sind wir längst entwachsen, vom Materialismus machen wir uns allmählich freier und freier. Was von den beiden Kulturerscheinungen an Wagners Persönlichkeit und an seinem Werk haften geblieben ist, steht heute zwischen ihm und uns; es verdeckt der Jugend die eigentliche große Leistung Wagners, da der neuesten Generation die Welt- und Kunstanschauung der Mitte des 19. Jahrhunderts fremder noch und unverständlicher geworden ist als den älteren unter uns, die sie noch in sich überwinden mußten. Frei und unbelastet kann die Jugend jetzt an ihre Aufgaben herantreten. Der Druck, der im jungdeutschen und im materialistischen Zeitalter auf dem Wirken künstlerischer Phantasie lag, hemmt sie nicht.

Wagners Verdienst ist, diesen Druck erleichtert zu haben. Dem Werk der Phantasie gab er sein volles Recht zurück. Durch ihn wurde der Kunst wieder ihre Weltstellung gewonnen.

Schulter an Schulter kämpften mit ihm für die gleiche Sache die beiden Altersgenossen Hebbel und Ludwig. Die ersten und die nachhaltigsten Siege erfocht Wagner. Voraussetzung des Kampfes, den die drei führten, ist die politische Wendung, die sich in der ersten Hälfte des Jahrhunderts vollzogen hatte.

Im Jahre der Völkerschlacht von Leipzig sind Ludwig, Hebbel und Wagner geboren. Aber von den frohbewegten Gefühlen der Befreiungskriege war fast nichts übrig geblieben, als sie ins öffentliche Leben eintraten. Die bösen Enttäuschungen und Ernüchterungen der Reaktionszeit, die nach 1815 einsetzte, hatten das deutsche Bürgertum zu den Anschauungen der französischen Revolution zurückgeführt. Wie eine entschwundene goldene Zeit erschien fortan die denkwürdige Reihe von Jahren, in denen von Frankreich aus der Welt ein neues Heil verkündet worden war. Wiederum wurde Frankreich das Muster und Vorbild für den vorwärtsstrebenden Deutschen, als ob das deutsche Volk nicht vor kurzem siegreich seine überlegene Kraft bezeugt, als ob eine stolze Reihe von künstlerischen Taten nicht längst bewiesen hätte, daß Deutschland aus eigener Macht zu dichterischer Größe emporgestiegen und den Jahren charakterloser Minderjährigkeit entwachsen sei. Deutsche Dichter waren jetzt am Werk, den Glanz der napoleonischen Legende zu steigern; war doch Napoleon, der Sohn der großen Revolution, in Frankreich lange vor der Julirevolution der Abgott aller freiheitlich Gesinnten geworden. Die Julirevolution selbst schien alle Hoffnungen zu erfüllen, die man auf Frankreich gesetzt hatte. Die Tagebuchblätter aus jener Zeit, die Heine später im zweiten Buch seiner Schrift über Ludwig Börne abdruckte, versinnlichen den Taumel, von dem die deutsche Welt damals gepackt war. Börne selbst eilte nach Paris, um an Ort und Stelle auszukosten, was aus der Ferne übermächtig lockend erschien. Heine folgte; und einer der Jungdeutschen nach dem anderen pilgerte gleich den beiden Führern nach Paris, um an dem reichbewegten Leben der zu neuer Freiheit erwachten Stadt sich zu laben und dessen vielgestaltige Spiegelung in der Dichtung der französischen Romantik aus der Nähe zu beschauen. Freilich zeitigte das Bürgerkönigtum Ludwig Philipps in den Franzosen und in ihren deutschen Bewunderern zuletzt bittere Enttäuschung. Darum drängte alles zu einer neuen Umwälzung, die wirklich im Jahr 1848 eintrat und diesmal nicht auf den französischen Boden beschränkt blieb.

Politische Fragen, gesehen mit dem Auge des Franzosen, beherrschten das Lebensgefühl der Zeit so ausschließlich, daß die Dichtung nur noch wie ein brauchbares Mittel zur Erörterung und zur Verbreitung dieser Fragen erschien. Dem politischen Gedankenzwang der Zeit entgingen Ludwig, Hebbel und Wagner nicht. Von der Bewegung des Jahres 1848 wurde der Einsiedler Ludwig am schnellsten zurückgeschreckt, Hebbel und Wagner, die dem öffentlichen Leben näher standen, sahen sich weit stärker in die Bewegung hineingezogen. Hebbel erblickte in der Revolution von 1848 die Entladung der Schmerzen, die auch ihn in seiner Jugend gequält hatten; er nahm zuerst freudigen Anteil an den Vorgängen, wurde dann freilich gerade durch sie in das entgegengesetzte Lager getrieben und wandelte sich in einen Verteidiger des Bestehenden. Wagner setzte seine Persönlichkeit rückhaltloser ein; ihn kostete sein aufwieglerisches Gebaren das Vaterland, jahrelang mußte er wegen seines Anteils an dem Dresdner Aufstand das Brot der Verbannung essen. Wie stark die Zeit zum Bekennertum zwang, bezeugt er unwiderleglich.

Ehe indes der Umsturz versucht worden war, hatten Hebbel und Wagner dem Brauch der Zeit auch noch in anderem Sinn nachgegeben und waren nach Paris gegangen. Wohl bestärkten die Eindrücke, die Paris ihnen schenkte, beide in ihrer Abneigung gegen das Wesen französischer Kunst und vor allem der romantischen Zeitliteratur. Gleichwohl entzogen sie sich den Gewohnheiten französischer Romantik, die ihnen durch deren jungdeutsche Gefolgsleute täglich nahegebracht wurden, nicht ganz; selbst Ludwig huldigte in seinen Erstlingen dem überspannten und phantastischen Wesen der französischen Romantik und ihrer jungdeutschen Nachfolge. Etwas von den qualvoll übertriebenen Lebenslagen, von den peinvoll verdrehten Gefühlen, von dem krankhaft Grotesken und besonders von der echtfranzösischen Neigung zur Pose teilt der junge Ludwig mit der Gruppe Victor Hugos und mit Gutzkows Kreis. Noch deutlicher ist dieser Zug bei Hebbel ausgeprägt; ja er hat ihn nur ganz zuletzt abgelegt. Wagner vollends sah sich früher und später genötigt, unmittelbar für das französische Publikum zu schaffen; war er sich auch stolz bewußt, eine neue und ungewohnte Kunst den Franzosen zu bringen, so sagen uns heute gerade die oben verzeichneten Vorwürfe und Einwände gegen Wagners Dichtung, daß die tragisch gespannten Posen der Welt Victor Hugos ihm nicht ganz fremd geblieben sind. Und was von der Großsprecherei des Wortstils, von dem hochtrabenden Pathos Wagners jetzt erzählt wird, beweist nur, daß er sich von Neigungen des Zeitalters seiner Jugend so wenig ganz freigemacht hat wie Hebbel.

Auch an den Größten, an Shakespeare und Goethe, spürt der Kenner ihres Zeitalters die Merkmale, die sie mit ihren Zeitgenossen teilen und die notwendigerweise den Ewigkeitswert ihres Schaffens beeinträchtigen. Doch als Vorwurf ist es nicht gemeint, wenn der Historiker anmerkt, wie weit der Schwulst Marlowes in Shakespeares Sprache herrscht, oder wenn er beobachtet, wo Goethes unvergleichliches Auge durch die Brille des 18. Jahrhunderts sieht. Menschen, die meinen, daß das Genie vom Himmel falle, können sich allerdings mit solcher Betrachtungsweise nicht befreunden. In Schriften der strengeren Wagnergemeinde bleibt gern ausgeschaltet, was den Meister mit seiner Zeit verknüpft; sie möchten nur sehen, wie weit er mit ihr in Gegensatz ist und wie mächtig er sie überholt. Darum gilt es schon als Ketzerei, wenn von Meyerbeer zu Wagner eine Brücke geschlagen wird. In Meyerbeer verkörpert sich die jungdeutsch-französische Neigung der Zeit um 1850 selbstverständlich weit greifbarer, als in Wagner. Wagner hat sie überwunden, Meyerbeer aber nicht. Doch wo Wagner dieser Neigung Raum gibt, da berührt er sich auch mit Meyerbeer. Überdies aber herrscht Gemeinsames an Stellen,

9

an denen nicht Bedingtheit durch die Zeit, sondern eine künstlerische Absicht waltet, die ausdrücklich gegen die Zeitmode gerichtet ist.

Heine verteidigt mehrfach, besonders aber im neunten Brief „Über die französische Bühne", den künstlerischen Grundsatz der dramatischen Melodie Meyerbeers, und zwar in Wendungen, die später in fast wörtlicher Übereinstimmung für Wagner ins Feld geführt worden sind. Die Anhänger Rossinis hatten „Robert den Teufel" und noch mehr die „Hugenotten" eines Mangels an Melodien geziehen. Der gleiche Einwand wurde demnächst gegen Wagners Werke erhoben. An Melodien, meint Heine, fehle es bei Meyerbeer wahrlich nicht, nur dürften diese Melodien nicht störend schroff hervortreten, nicht egoistisch. „Sie dürfen nur dem Ganzen dienen, sie sind diszipliniert, statt daß bei den Italienern die Melodien isoliert, ich möchte fast sagen außergesetzlich, sich geltend machen, ungefähr wie ihre berühmten Banditen." Dabei will Heine einer Vorherrschaft der Melodie ihr Verdienst nicht absprechen, aber er erkennt eine Folge dieser Vorherrschaft in der Gleichgültigkeit, mit der man die Oper nicht als geschlossenes Kunstwerk fasse, mit der man vielmehr in den Logen der italienischen Theater, während keine Bravourpartien gesungen werden, Gesellschaft empfange, ungeniert plaudere, wo nicht gar Karten spiele.

Klingt das nicht wie eine Schutzrede für Wagners Worttondrama? Enthüllt sich Meyerbeer da nicht als Vorläufer Wagners, Wagner als Fortsetzer einer Absicht Meyerbeers? Wagner selbst wußte sehr wohl zu würdigen, wie weit Meyerbeer ihm vorgearbeitet hatte. Eine Stelle der Schrift „Oper und Drama", die überscharf über die „Hohlheit, Seichtigkeit und künstlerische Nichtigkeit der Meyerbeerschen Musik" abspricht und über die „ausgesprochenste Unfähigkeit des berühmten Komponisten, aus eigenem musikalischem Vermögen das geringste künstlerische Lebenszeichen von sich zu geben", billigt ihm doch auch zu, daß er sich zuweilen zu der Höhe des allerunbestreitbarsten, größten künstlerischen Vermögens erhoben habe. Da, wo der Dichter dem Musiker den begeisternden Hauch zuführe, habe dieser den reichsten, edelsten und seelenergreifendsten Ausdruck gefunden; so könne der Melodie in Ges-Dur in der Liebesszene des vierten Akts der „Hugenotten", wie sie als duftigste Blüte einer, alle Fasern des menschlichen Herzens mit wonnigem Schmerze ergreifenden Situation entsprossen sei, nur sehr weniges und gewiß nur das Vollendetste aus Werken der Musik an die Seite gestellt werden. Wo Meyerbeers Musik mit künstlerisch bedeutsamer Dichtung sich ebenbürtig paart, zollt Wagner ihr sein höchstes Lob: er schätzt Meyerbeer, wo dieser erfüllt, was Wagner selbst sich zum Ziel gesetzt hat.

Allein künstlerisch bedeutsame Dichtung schuf Wagner aus eigener Kraft, während Meyerbeer auf seine Librettisten angewiesen blieb. Schon der Dichter Wagner bedeutet einen Schritt über Meyerbeer hinaus, der nicht einzuholen war. Von dem Dichter sei hier in erster Linie die Rede. Nach Wagners eigener Überzeugung erwägt nicht den schlechtesten Teil seiner Kunst, wer seiner Dichtung nachgeht. Er selbst versicherte einmal, daß er nur soweit mit Musik sich einlasse, als er in ihr dichterische Absichten verwirklichen könne.

Nichts weniger als unberührt von den Eigenheiten der französischen Romantik und des jungen Deutschlands, teilen sich Hebbel, Ludwig und Wagner in den Ruhm, der deutschen Bühne wieder Aufgaben gestellt zu haben, deren Lösung eine künstlerische Tat bedeutete. Gegen die Bühnenbeherrscher der Zeit, gegen Raupach und die Birch-Pfeiffer, hatten die Jungdeutschen mit den sicheren Mitteln französischer Theatralik anzukämpfen versucht. Ihre Vorgänger, die Romantiker, waren aus Gegensatz zu der gewandten Mache der Lieblinge des Theaterpublikums fast ganz bühnenwidrig geworden. Gutzkow und Laube folgten den Bühnenbeherrschern auf ihr eigenes Kampffeld und stritten gegen sie mit den überlegenen Waffen, die in Frankreich zu holen waren. Nicht nur technische Geschicklichkeit war in Paris zu lernen, auch das wirksame Mittel der politischen Anspielung herrschte im drame romantique Victor Hugos und des älteren Dumas. Gutzkow schuf im Gefolge der beiden Franzosen seinen „Uriel Acosta", ebenso wie er dem Intrigenlustspiel Scribes mit Erfolg nacheiferte. Die echtfranzösische Kunst, in einem treffenden Epigramm das Bühnengespräch gipfeln zu lassen, stand auch ihm zu Gebot und diente den Anspielungen und den Reden, die seine Menschen zum Fenster hinaus hielten, auf das beste. Ein neuerer französischer Kritiker rühmt ihm nach, daß er „des répliques toutes cornéliennes" zu formen verstehe. Zuschauern wiederum, deren Sinn von den politischen, sozialen und religiösen Fragen der Zeit ganz und gar gefangen genommen war, dünkte diese zielsichere Technik der anspielenden schönen Stellen weit willkommener als künstlerische Geschlossenheit und gedankliche Tiefe. Ob das epigrammatisch spitze Wort in den Mund des Sprechenden und in die Situation paßte, war gleichgültig, wenn es nur dem Ohr der Lauscher schmeichelte. Der Darsteller des preußischen Königs in „Zopf und Schwert" durfte des Beifalls sicher sein, wenn er die Worte hinwarf: „Da können wir noch lange laufen, bis wir dahin angekommen sind, wo die Engländer schon stehen." Oder: „Bewegung? Die wird sich in Österreich noch halten lassen." Natürlich riefen die Gedankenverknüpfungen, die von solchen politischen Witzchen ausgelöst wurden, den Zuschauer weitweg von den Bühnenvorgängen. Was aber kümmerte das einen Dichter und eine Zeit, die der Poesie nur noch Lebensrecht zubilligten, wenn sie zum Sprachrohr der politischen Zeitfragen sich hergab!

Der politischen Tendenzdramatik sagten die Münchner Dichter aus Geibels Kreis ab. Bewußte Epigonen, wollten sie dem Muster Shakespeares, Goethes und Schillers nacheifern. Die französische Romantik hatte mit Absicht im Häßlichen und Widerwärtigen gewühlt; die Münchner riefen nach Schönheit, hielten strenge auf eine feingeprägte Form, auf eine harmonisch klingende Sprache, auf sinnige Gedanken. Doch die tragische Wucht fehlte ihnen, weil sie der Poesie und der Phantasie zwar nicht vorschrieben, dem politischen Schlagwort zu dienen, wohl aber der Poesie und der Phantasie keine bezwingende und überwältigende Macht zumaßen. Ihnen war die Kunst ein ästhetisches Genußmittel, das neben dem Leben bestand, vielleicht sogar über dem Leben in höheren Sphären schwebte, verklärend dieses Leben beleuchten durfte, aber doch nicht die Stellung im Weltganzen einnahm, die von dem deutschen Klassizismus und von der deutschen Romantik für die Kunst in Anspruch genommen worden war. Schiller, die Schlegel, Schelling wagten von verschiedenen Seiten den Nachweis, daß die Kunst mehr als ein angenehmes Verschönerungsmittel des Daseins, daß sie vielmehr ein notwendiges und unentbehrliches Glied in der Kette menschlicher Entwicklung sei, der Entwicklung des Einzelnen wie der ganzen Menschheit. Gleiches suchte Hebbel im Kampf mit Hegel zu bewähren, wenn er der Kunst und innerhalb der Kunst dem Drama zuschrieb, daß sie den Lebensprozeß selbst darstellten, daß sie das Leben in einer Form vergegenwärtigten, die durch kein anderes Mittel verwirklicht werden könne, auch nicht durch die Philosophie. Ging Hebbel von dem Erkenntniswert der Kunst aus, so rückte Wagner ihre sittliche Bedeutung in den Vordergrund. Ihm war künstlerische Idee und künstlerische Gestaltungskraft höchstes Bildungsmittel der zur Sittlichkeit zu erziehenden Menschheit. Hatte Hebbel in der Kunst die Darstellung des Lebensprozesses entdeckt, so sah Wagner in ihr dieses Leben selbst, erfüllt von einer künstlerischen Idee.

Gegen die Jungdeutschen und gegen die Münchner Epigonen war die Weltstellung der Kunst durch Hebbel und Wagner gesichert. Sie überwanden die politisch angetönte Theatralik der Jungdeutschen, die zage Formkunst der Münchner. Ludwig war ihr Mitkämpfer, weit mehr als er es ahnte. Auch Hebbel und Wagner wußten nicht, wie nah sie einander innerlich standen, wie enge sie sich in ihren höchsten Absichten mit Ludwig berührten.

Die Zagheit der Münchner Ästheten wird begreiflich, wenn ein Blick auf die Stellung fällt, die damals im deutschen Leben der Materialismus errungen hatte.

Scharf, aber mit einem gewissen Recht sagte Wagner einmal, Hegel habe die Köpfe der Deutschen dermaßen zu dem bloßen Erfassen der Philosophie unfähig gemacht, daß seitdem gar keine Philosophie zu haben für die eigentliche rechte Philosophie gelte. Wirklich war auf Hegel eine grundsätzlich antimetaphysische, ja unphilosophische Zeit gefolgt. Zu hoch waren die Ansprüche der Spekulation von Hegel gespannt worden, zu viel Rechte hatte er dem Denken zuerkennen wollen. Wie das künstlerische Schaffen sollte alle Sinnenerkenntnis, ja alle Erfahrung zugunsten der Philosophie abdanken und sich bescheiden in den Winkel stellen. Der Geist wollte alles beherrschen; und er sah sich eines Tages genötigt, vor der Materie den Platz zu räumen. Der auf die Spitze getriebene Idealismus wurde in jähem Umschlag vom Materialismus verdrängt. Vergöttlicht wurde fortan die Materie, ganz wie bis dahin der Geist göttliche Ehren genossen hatte. Aus den Kampfschriften der Moleschott und Büchner holte sich ein Zeitalter, das der abgezogenen Denkweise satt und übersatt geworden war, die neuen materialistischen Phrasen: das Herz sei nur ein Pumpwerk, der Mensch nichts als ein wandelnder Ofen, eine sich selbst heizende Lokomotive. Der künstlerischen Phantasie wurde von der neuen Lehre Licht und Luft genommen. Denn mochte auch der Dichter selbst sich von materialistischen Regungen freihalten wollen, so sprach er doch zu einem Publikum, das die Welt nur im materialistischen Licht zu sehen wünschte. Darum gaben sich die meisten Dichter so schüchtern und anspruchslos, pochten nicht auf das Recht der Phantasie, taten brav und vernünftig und schlugen nur in Nebenstunden verwegenere Purzelbäume, die ihnen gar nicht zu Gesicht standen und heute wie der vereinzelte Rausch des Philisters anmuten. Musterstücke unorganisch eingefügter, ihrer Umgebung widersprechender Phantasiebrocken sind der Dichtung Gustav Freytags eigen. Die Münchner Ästheten gossen in die schönen Gefäße ihrer Formkunst, aus gleicher Scheu vor den Vorwürfen der Materialisten, gelinde erregende Säfte, denen berauschend wirkende Kraft mit aller Vorsicht entzogen worden war.

Den minder bescheidenen Künstlern und ihrem Wunsch, die Phantasie uneingeschränkter walten zu lassen, ward um 1860 eine unerwartete Hilfe zuteil. Ein Philosoph, der jahrzehntelang vergeblich auf Anerkennung geharrt hatte, wurde mit einem Male den Deutschen nahe gebracht und wirkte wie ein erlösendes, im rechten Augenblick gesprochenes Wort. Schopenhauers Hauptwerk „Die Welt als Wille und Vorstellung" war noch im spätromantischen Zeitalter, im Jahr 1819, erschienen. Vielleicht hatte es damals auf flüchtige Beschauer nur wie irgendeines der vielen philosophischen Werke aus späterer romantischer Zeit gewirkt, die im Strom der übermächtigen Philosophie Hegels untergingen. Ganz anders wirkten im Zeitalter des Materialismus das Buch und Schopenhauers Schriften überhaupt auf die wenigen, die noch von einem metaphysischen Bedürfnis erfüllt und nicht gewillt waren, sich in die Grenzen der Erfahrung einengen zu lassen. Und dabei trennte schon Schopenhauers Sprachform ihn weit genug von Hegel, um ihn einer Generation wert zu machen, die des hegelschen Deutschs längst überdrüssig geworden war. Ein Weltmensch sprach da zu seinesgleichen; noch für kühnste Gedankengänge der Spekulation fand er eine gemeinverständliche Ausdrucksweise. Den naturwissenschaftlichen Neigungen der Zeit kam obendrein seine Kenntnis der exakten Wissenschaften entgegen. Endlich mochte der Pessimismus seiner Lehre auch noch der inneren wie der äußeren Unbefriedigung entsprechen, die nach dem Scheitern der Erhebung von 1848 auf Deutschland lastete.

Den Künstlern wurde durch Schopenhauer alles entgegengebracht, was der Materialismus ihnen zu rauben drohte. Klassische und romantische Gedanken traten an Schopenhauers Hand unversehens wieder in die deutsche Kultur hinein, Längstvergessenes, Längstaufgegebenes. Die Weltstellung des Schönen und der Künste, ihre Unentbehrlichkeit, vertrat er ganz wie Schiller und die Romantiker; und so war er von vornherein zum Bundesgenossen aller Künstler vom Schlage Wagners und Hebbels ausersehen. Die Begründung bot ihm sein Pessimismus. Dieser von Lebensleid erfüllten Welt, diesen Menschen, denen sonst auf Erden nur Qual und Elend zufiel, bringe die Anschauung des Schönen Erlösung. Wer das Schöne rechten Sinnes betrachte, der vergesse, was ihn im Leben peinige. Gedacht war dabei an das uninteressierte Wohlgefallen, das von Kant zum Wesen des künstlerischen Genusses gestempelt worden war. Im Sinn dieses uninteressierten Wohlgefallens war die Ästhetik und die ins Ästhetische hinübergreifende Ethik des reifen Schiller genommen. Die Romantik hatte den Gedanken vom uninteressierten Wohlgefallen am Schönen nach verschiedenen Richtungen weitergedacht. Dem Erwecker solchen künstlerischen Genusses, dem Genie, fiel durch Schopenhauer eine neue Wichtigkeit zu. Unter den Künsten ward von Schopenhauer der Musik, unter den Künstlern dem Musiker der höchste Beruf zuerkannt. Der Musiker spreche das tiefste Geheimnis des Lebens aus, in einer Sprache, die nur er zu sprechen wisse. Wieder lagen alte romantische Gedanken im Hintergrund! Wackenroder und Tieck hatten aus ähnlichen Erwägungen das Lob und den Preis der Musik gesungen und sie zur eigentlichen romantischen Kunst erhoben. Ganz ferner wie die Romantik huldigte Schopenhauer dem Wunderbaren. Die Nachtseite der Natur zog ihn gleich stark an, wie die romantischen Naturphilosophen. Der verpönten Phantasie bot Schopenhauers Vorliebe für das Wunderbare eine starke Stütze. Denn künstlerische Phantasie benötigt das Wunderbare und bewährt sich in der Kunst, es glaubhaft zu machen.

„Wie ein Himmelsgeschenk" kam Schopenhauer 1854 in Wagners Einsamkeit. So bekennt Wagner in einem Brief an Liszt; er nennt Schopenhauer zugleich den größten Philosophen seit Kant: „Die deutschen Professoren haben ihn — wohlweislich — 40 Jahre lang ignoriert: neulich wurde er aber — zur Schmach Deutschlands — von einem englischen Kritiker entdeckt. Was sind vor diesem alle Hegels usw. für Charlatans!" Unverkennbar sprach das verwandte Schicksal, das beiden in ihrer Jugend keine Anerkennung und keinen Erfolg gönnte, bei Wagner für Schopenhauer. Wichtiger ist, daß Künstler von Wagners Art um 1850 in Schopenhauer sich selbst und ihre Weltanschauung wiederfinden mußten. Mindestens Hebbel erging es ganz und gar wie Wagner. Wenige Jahre nach Wagners Brief an Liszt, am 29. März 1857, schrieb Hebbel an Emil

Kuh, er lese jetzt einen außerordentlich merkwürdigen Schriftsteller und schäme sich, ihn nicht früher kennen gelernt zu haben. „Ja, ich würde es kaum begreifen, wenn nicht seine eigenen bitteren Beschwerden über absichtliches und gänzliches Ignoriertwerden abseiten der Sekten und Parteien des Tages das Faktum einigermaßen erklärten und zugleich entschuldigten." Rein zufällig sei Schopenhauer ihm in die Hand gekommen und mit Staunen habe er in ihm einen der vornehmsten Geister der deutschen Literatur begrüßen müssen. „Wenn die erste Stelle, die man bei einem unbekannten Autor liest, nachstehendermaßen lautet: ‚ich habe die Menschheit manches gelehrt, was sie nie vergessen darf, darum werden meine Schriften nicht untergehen' und wenn man, trotz des momentanen Stutzens, noch vor Abend ausruft: der Mann hat ganz recht! so will das gewiß etwas heißen." Hebbel erkannte sofort, daß Schopenhauer sich vielfach mit ihm berühre. Nur mache er als Philosoph zu Trägern der Welt dieselben Ideen, die Hebbel als Dichter nicht ohne Zagen zu Trägern einzelner Individuen verwende.

Hebbel suchte Schopenhauer alsbald auf. Philosoph und Dichter verstanden sich vortrefflich. Eine umgestaltende Wirkung konnte Schopenhauers Philosophie in Hebbels Weltanschauung nicht mehr auslösen. Diese Weltanschauung war 1857 schon zu ihrem inneren Abschluß gediehen. Genug, daß Hebbel erkannte, wie er aus eigenem von den Vorstellungen seiner Jugend und ihren an Hegel gemahnenden Grundsätzen sich zum nächsten Nachbar Schopenhauers entwickelt habe.

Den weiten Weg von den Gefilden der Dialektik Hegels zu Schopenhauer brauchte Wagner nicht zurückzulegen. Indes auch er war, als er sich in die Schriften Schopenhauers versenkte, nicht mehr jung genug, um durch Schopenhauer in philosophische Weltbetrachtung noch eingeführt zu werden. Vor dem Pessimisten hatte ein anderer Denker ihn tief berührt, der zwischen Hegel und dem Materialismus der Büchner und Moleschott die Mitte etwa wahrt: der Junghegelianer Feuerbach. Er arbeitet mit den Denkmitteln Hegels, aber nicht den Geist will er verherrlichen, sondern in vollem Gegensatz zu seinem Lehrer huldigt er der Materie. Doch dieser Vater des neuen deutschen Materialismus verkündet seine Lehre in einer Form, die Künstlern noch zusagen konnte, ihnen und ihrer Phantasie keine unerträglichen Fesseln auflegte. Nicht nur Wagner wurde durch Feuerbachs „Gedanken über Tod und Unsterblichkeit" für ihn gewonnen, auch Gottfried Keller stattete dem Gottesleugner ausdrücklich seinen Dank ab und fühlte sich als Dichter durch die Art, wie Feuerbach die Hoffnungen des Menschen auf Unsterblichkeit widerlegte, künstlerisch gefördert. So grundverschieden Keller und Wagner sind, beiden ging aus Feuerbachs Schriften das Diesseits in verklärter Gestalt auf. Feuerbach wurde ihnen zum Propheten der Wirklichkeitsfreude und der Lebensbejahung.

Wagner widmete Feuerbach seine Schrift „Das Kunstwerk der Zukunft" von 1850. Man sollte diese Widmung nicht, wie es gern geschieht, als etwas Bedeutungsloses hinstellen. Hugo Dinger hat im Grundsatz gewiß recht, wenn er die Gedankenverwandtschaft Wagners und des Junghegelianers stark betont. Der junge Wagner steht schon in seinen politischen und sozialen Ansichten Feuerbach weit näher als dem vornehmen Individualisten Schopenhauer, der den Pöbel verachtete. In den Tagen des Dresdner Aufstandes fühlte Wagner junghegelisch, mag er auch bald darauf zu anderen Denkweisen und anderen Wünschen weitergeschritten sein. In den ästhetischen Erwägungen aus seiner Frühzeit wirken die junghegelischen und unschopenhauerischen sozialen Gedanken nach. Die Schriften „Die Kunst und die Revolution", „Das Kunstwerk der Zukunft" und „Oper und Drama" erschienen von 1849 bis 1851 und tragen, noch unberührt von Schopenhauer, das Kennzeichen von Feuerbachs Weltansicht. Sie sind nicht individualistisch gedacht, vielmehr kollektivistisch im Sinn und auf Grund entwicklungsgeschichtlicher Ansichten und Hoffnungen. Noch mehr: in diesen Schriften stellt Wagner die Form des Kunstwerks der Zukunft fest; diese Form verändert sich auch später nicht, nachdem Wagner von intellektualistischer Kunstlehre mit Schopenhauer zu supranaturalistischer ästhetischer Mystik übergegangen war.

Überraschend schnell vollzog sich ja in Wagner der Übergang von Feuerbach zu Schopenhauer, von Lebensbejahung zu Lebensverneinung, von Verherrlichung sinnenfreudiger Liebe zu Verklärung der Weltflucht und des Mitleids. Noch im Januar 1854 entwickelte ein Brief Wagners an Röckel die Grundsätze Feuerbachs und vertrat die Ansicht, daß nur in der Liebe das Endliche zum Unendlichen werde. Ende 1854 nannte schon das oben angeführte Schreiben an Liszt einzige Erlösung die Verneinung des Willens, die herzliche und innige Sehnsucht nach dem Tode, die volle Bewußtlosigkeit, das gänzliche Nichtsein, das Verschwinden aller Träume.

Getreu spiegeln sich in diesem Bekenntnisse die Hauptlehren

von Schopenhauer. Der Pessimist meinte in dem Willen das Urübel entdeckt zu haben. Alles Begehren ruhe auf Mangel und Unbefriedigung. Wertlos sei ein Leben, das von Begehren erfüllt ist; nur Leiden und Schmerzen bringe es dem Menschen. Eingeengt zwischen der Dummheit und Schlechtigkeit der Menschen und ihrem unseligen Lebenswillen und Lebensdrang, fühle sich der Mensch unglücklich. Aber auch in der Natur herrsche ein erbarmungsloser Kampf ums Dasein, eine tödliche Feindschaft. Wesen des Bösen sei, sich von anderen zu trennen, nur den Gegensatz zum Mitmenschen und zur Mitwelt überhaupt zu fühlen. Erlösung bringe daher das Mitleid. Im Gefühl des Mitleids werde der Unterschied von Mensch und Mensch überwunden. Darum sei Aufgabe des Menschen, fremde Leiden wie die eigenen zu empfinden. Dann steige er zur Entsagung, zur Gelassenheit, zur Willenslosigkeit empor. Dann sei er von dem bösen Willensdrang erlöst. In solcher Askese gipfelt Schopenhauers Pessimismus. Da eröffnet sich der Weg zu dem verzichtenden Dasein indischer Büßer. Nirwana, dem sie zustreben, wird auch dem Schüler Schopenhauers als höchstes Glück zuteil.

Oft genug wurde dargetan, wie gern Wagners Menschen ihrer Sehnsucht nach dem Tode das Wort leihen. Chamberlain reiht dem Ruf des Holländers: „Ew'ge Vernichtung, nimm mich auf!" die Worte an, mit denen Tannhäuser sich von Venus lossagt:

Mein Sehnen drängt zum Kampfe;
Nicht such' ich Wonn' und Lust.
O, Göttin, woll' es fassen,
Mich drängt es hin zum Tod!

ferner Wotans schmerzlichen Wunsch: „Eines nur will ich noch, das Ende, das Ende!", Amfortas' Flehen: „Tod! Sterben! Einzige Gnade!", Kundrys Sehnen: „Schlaf — Schlaf — tiefer Schlaf! — Tod!" und andere verwandte Bekenntnisse aus Wagners Dichtungen.

Wohl erweckt Wagners Werk an diesen Stellen den Eindruck, sinnliche Illustration von Schopenhauers Philosophie zu sein. Allein Wagner schuf nicht zu philosophischen Abstraktionen mit Bewußtsein Dichtung und Musik. Denn längst wissen wir, daß Wagner den größten Teil seiner Dichtungen konzipiert, ja vollendet hatte, ehe er mit Schopenhauers Werken in Fühlung trat. „Holländer", „Tannhäuser", „Lohengrin" und der ganze „Ring des Nibelungen" sind als Dichtungen vor dem Jahr 1854 abgeschlossen gewesen, ehe Wagners Aufmerksamkeit auf den Philosophen des Mitleids hingelenkt wurde. Man wies Wagner auf Schopenhauer hin, weil der „Ring" der Weltanschauung des Pessimisten auf Schritt und Tritt entgegenkam. Voll Verwunderung traf Wagner in Schopenhauers Schriften wieder an, was er längst dichterisch in sich erlebt und in Worte gebracht hatte. Er meinte, Feuerbachs Wege zu gehen, und Schopenhauer deutete ihm sein eigenes Schaffen, eröffnete ihm neues Verständnis für den Gedankengehalt seiner eigenen Schöpfungen.

Ein scharfprüfender Denker wie Raoul Richter durfte mit gutem Recht in Wagners Werken schopenhauerische Züge feststellen, ohne sich an die Zeitgrenze 1854 zu halten. Vor wie nach 1854 läßt Wagner den dämonischen Lebenswillen bis zu höchster Ekstase emporsteigen und malt dabei gut schopenhauerisch die Seelenqualen, die der Lebenswille bringt. Als glühende Sinnlichkeit erscheint der Lebenswille bei Tannhäuser schon, wie zuletzt in Kundry. Das ziellose Irren des Holländers, Wotans Gier nach Macht entspringen der gleichen Quelle. Mitleid bricht allenthalben den Lebenswillen und bringt Erlösung. Senta, Elisabeth, Brünnhilde üben solches Erlöseramt; Parsifal folgt nur den Spuren dieser weiblichen Verwirklicherinnen des Mitleids. Lange, ehe Wagner das Wort von dem reinen Toren prägte, der durch Mitleid wissend wird, tönt im „Holländer" Mitleid immer wieder an, fragt sich Senta, ob des tiefen Mitleids Stimme sie belügen, forscht der Holländer selbst, ob tiefes Mitgefühl für seine Leiden das liebende Mädchen durchdringen könne.

Richter versuchte auch, den ganzen „Ring" im Sinne Schopenhauers zu deuten. Das Rheingold erscheint als Symbol der Macht, des Lebens- und Daseinswillens. Der Ring wandert von den Zwergen zu den Göttern, zu den Riesen, zu Siegfried. Allen bringt er überschwengliche Befriedigung der Lebensgier, aber auch schweres Leid. Endlich durchschaut Brünnhilde in mitleidsvoller Liebe das Wesen und die Nichtigkeit der Lebensgier und gibt deren Symbol, den Ring, dem Rhein zurück. In diesem Ablauf vertritt Wotan den Lebenswillen in heroischer Gestalt, bis er zuletzt zum Verzicht und zur Sehnsucht nach dem Ende gelangt. Alberich und Mime zeigen, wie der Lebenswille in gierigen, lüsternen, kurzsichtigen Persönlichkeiten, in keifenden, Trug sinnenden, hämischen, sich auslebt. Von seinem Durst nach Macht getrieben, stürzt Hagen dem Ringe nach sich in den Rhein und wird von den Rheintöchtern in die Fluten gezogen. Ganz schopenhauerisch aber verkündet am Schluß Brünnhilde:

Aus Wunschheim zieh' ich fort,
Wahnheim flieh' ich auf immer;
des ew'gen Werdens
off'ne Tore
schließ' ich hinter mir zu:
nach dem wunsch- und wahnlos
heiligsten Wahlland,
der Welt-Wanderung Ziel,
von Wiedergeburt erlöst,
zieht nun die Wissende hin.

Diese völlig schopenhauerische Schlußwendung, die auch noch der bezeichnendsten Schlagworte des Philosophen sich bedient, wurde natürlich nur in späterer Überarbeitung, nach 1854, angefügt. Gleichwohl sagt sie nichts, was nicht längst in der Dichtung sich angekündigt hätte.

Doch merkwürdig! Diese Worte der Walküre stehen nur im Druck der Dichtung von 1863. Als Wagner das Werk vertonte, strich er sie. Was er nach der Bekanntschaft mit Schopenhauer ganz im Sinn des Philosophen hier zum Ausdruck gebracht hatte, verschwand hinterdrein. Nicht den Gedanken, wohl aber dessen ausdrückliche Kundgebung schaltete er aus. Er selbst begründete sein Verfahren: „Daß diese Strophen, weil ihr Sinn in der Wirkung des musikalisch ertönenden Dramas bereits mit höchster Bestimmtheit ausgesprochen wird, bei der lebendigen Ausführung hinwegzufallen hatten, durfte schließlich dem Musiker nicht entgehen."

Wagner überläßt nicht nur an dieser Stelle, auch sonst in seinen späteren Werken, der Musik, die Stimmung des Verzichts auf die Welt auszudrücken. Er meinte sich und seiner Kunst dies zutrauen zu dürfen. Weil indes das Wort dadurch in späterer Zeit um die Möglichkeit kam, unzweideutig den Weltverzicht zu verkünden, erweckt Wagner leicht den Eindruck, als ob er nachmals von Schopenhauer sich entferne. Daher wird Chamberlains Behauptung begreiflich, „daß uns Wagner in mancher Beziehung vor seiner Bekanntschaft mit Schopenhauer den Eindruck eines orthodoxeren Schopenhauerianers macht als nachher". So paradox das klingen mag, so fehlt es nicht an Belegen in Wagners späterem Schaffen, die deutlich dartun, wie der Meister sein Werk nicht schlechtweg zu einer Versinnlichung von Schopenhauers Lehre hat werden lassen.

Eher dürfte paradox sein, wie Chamberlain die ganze Tondichtung von Tristan und Isolde zu Schopenhauer in Gegensatz bringen will. Eine an sich nicht unrichtige Bemerkung wird von Chamberlain sophistisch wohl ins Falsche übertrieben, wenn er in „Tristan" nichts anderes entdeckt als „die höchste Verherrlichung, die Apotheose der Bejahung des Willens zum Leben". Er begründet: „Für Tristan enthält die Welt einzig Isolde', d. h. einzig den Gegenstand seines Wollens, und Isolde stirbt den ‚Liebestod'! Die ‚Nacht', die von Tristan und Isolde im zweiten Akt so herrlich besungen wird, ist die ‚Nacht der Liebe', die Nacht, ‚wo Liebeswonne uns lacht'! Wahrlich ein Nirwana, das weder der heilige Gautama noch der weise Schopenhauer sich haben träumen lassen!" Und dennoch führt Chamberlain an einer anderen Stelle seines Werkes zustimmend

Wagners eigene Deutung an, die von dem Schluß der Dichtung sagt: „Es ist die Wonne des Sterbens, des Nichtmehrseins, der letzten Erlösung in jenes wundervolle Reich, von dem wir am fernsten abirren, wenn wir mit stürmischester Gewalt darin einzudringen uns mühen. Nennen wir es Tod? Oder ist es die nächtige Wunderwelt, aus der ein Efeu und eine Rebe zu inniger Umschlingung auf Tristans und Isoldes Grabe emporwuchsen, wie die Sage uns meldet?" Angesichts dieser Äußerung Wagners gesteht auch Chamberlain zu, daß in „Tristan und Isolde" die Sehnsucht nach dem Tode mit der Sehnsucht nach Liebe zu einem einzigen Sehnen verschmolzen sei. Liegt indes das Entscheidende nicht noch an anderer Stelle? Konnte es jemals die Absicht eines Tragikers sein, eine ganze Dichtung zu einer ununterbrochenen Predigt der Weltflucht und der Todessehnsucht zu machen? Forderte nicht schon die künstlerische Aufgabe, einen tragischen Vorgang zu entwickeln, notwendig eine Darstellung des Übergangs von Lebensbejahung zur Lebensverneinung, mußte in einer Tragödie, ehe die Todessehnsucht zu Wort kam, nicht der Wille zum Leben und die Verklärung der Liebe gestaltet werden? Ganz ebenso verweilt der „Ring" lange bei der Lebensgier, ehe er in Verzicht auf Leben und Macht ausklingt.

Weit glücklicher deutet Wagners gedankliche Absichten die feinsinnige Analyse, die Chamberlain den „Meistersingern" widmet, und die scharfsinnige Darlegung, in der er die Entstehung des Werks auseinandersetzt.

Daß die „Meistersinger" in ihrer künstlerischen Gesamtwirkung nicht ein Zeugnis der Weltflucht und des Pessimismus bedeuten, braucht wohl kaum ausführlich dargetan zu werden. Keinem Werke Wagners entströmt gleiche belebende und lebenbejahende Kraft. In sonnigen und saftvollen, in kräftigen und hellstrahlenden Farben flutet das ganze Werk vor unserem inneren Auge auf und ab. Ein Feinfühliger, der dieses Musikdrama zu inszenieren hat, wird besonders am Schlusse ein helles und frisches Rot zum Grundton nehmen. Denn nach den Gegensätzen, die feindlich aufeinandergeplatzt waren, steht zuletzt das deutsche Bürgertum verklärt in seiner Gesamtheit da, und huldigend beugt sich seiner treufleißigen Lebens- und Kunstführung das Rittertum. Das Philisterhafte, das sich anfangs keck und anmaßlich vorgewagt hatte, tritt zurück; und was bleibt, ist wackeres deutsches Volk, zugänglich dem Schönen, voll regen Wetteifers und voll Verständnis für das Echte und Große.

Eine oft angeführte Äußerung Wagners beweist, daß er nicht von vornherein dieses Endziel ins Auge gefaßt hat. Aus bitterem Lachen, nicht aus humorvollem Lächeln sind die „Meistersinger" geboren. Der „Heiterkeitstrieb", der ihre Voraussetzung war, wollte sich zuerst in Ironie entladen. Allmählich läuterte Wagner diese Ironie empor zu freiem, wenn auch nicht leidlosem Humor. Manchmal konnte Wagner vor Lachen, manchmal vor Weinen nicht weiterarbeiten, berichtet er selbst. Die künstlerischen Händel traten in das milde Licht des Humors, dank vor allem der Verkörperung, die Wagner seinem Hans Sachs schenken konnte, dank dem Meisterstück tief sich einfühlender Wiedererweckung des alten Sängers. Wagner stellte seinen Sachs auf eine seelische Höhe, die den „Meistersingern" die Möglichkeit nahm und sie vor der Gefahr bewahrte, eine Literatur- und Musiksatire zu bleiben. In die Seele seines Sachs senkte er überdies selbsterlebtes Leid, das weit ablag von den Kunstfehden des Tages. Die eigenen seelischen Schmerzen sprachen sich aber mit voller Kraft nur in den Tönen der Instrumente aus, während das gesungene Wort den versöhnenden Schimmer des Humors beibehielt.

„Dieser Sachs", sagt Chamberlain, „konnte unmöglich als Wortheld, namentlich nicht als Klageheld vor uns hingestellt werden. Und in der Tat, nur ein einziges Mal hören wir ihn ganz leise sich selbst zuflüstern: ‚Vor dem Kinde lieblich hehr, mocht' ich gern wohl singen'; sonst schweigt sein Leid, und nur durch seine humoristischen Bemerkungen Eva gegenüber und aus Evas Geständnissen erfahren wir den genaueren Sachverhalt." Dagegen kann Chamberlain dartun, wie die Sprache der Töne das Verschwiegene verrät, wie schon, wenn Sachs in der Singschule zum erstenmal für Walther eintritt, aus dem Orchester die tiefe Klage aufsteigt, die dann im zweiten Akt in dem Gespräch mit Eva immer ergreifender mittönt. Doch auch noch zum Schusterlied erklingt im zweiten Akt das ergreifende Thema, das in der Einleitung zum dritten Akt seine volle dramatische Entwicklung erfährt. „Diese Einleitung zum dritten Akte muß als der Höhepunkt des Dramas bezeichnet werden: die Situation ist uns jetzt bekannt, in Sachsens Herz haben wir schon manchen tiefen Blick getan, und jetzt — während der Vorhang vor dem bunten Bilde noch gesenkt bleibt — lauschen wir mit geschlossenen Augen dem letzten Kampf im innersten Herzen des Helden. Zuerst tritt die Klage auf; dann wird sie von der Erinnerung an die eigenen künstlerischen Schöpfungen übertönt; es ist, als erhebe sich der ‚ewige‘ Teil in dieser großen Menschenbrust gegen den vergänglichen: mit tiefem Mitleid schaut Sachs auf sich selbst herab; mit lächelndem Blick und tränenerfüllten Augen zu seinem höheren Selbst wieder hinauf; nochmals ertönt jenes klagende Thema, aber zu majestätischer Breite und Kraft entfaltet, mit dem mächtigen Ausdrucke der Erschütterung einer tief ergriffenen Seele."

Mit Absicht sind Chamberlains Worte hier ausführlich wiedergegeben. Indem Chamberlain, von Wagners eigenen Andeutungen geleitet, den seelischen Gehalt der Musik und die Geheimnisse verrät, die in den „Meistersingern" nicht durch das Wort, sondern nur durch den Ton uns erschlossen werden, offenbart sich, wie zielsicher Wagner weiterschritt und wie er dazu kam, am Schlusse des „Rings" die oben angeführten Worte Brünnhildens zu streichen und ihren Inhalt nur noch in Tönen auszusprechen. Zugleich indes bezeugen Chamberlains Ausführungen, daß die „Meistersinger" auch da, wo sie Verzicht und Resignation ausdrücken, nicht in Verkündigung der Weltflucht und Verklärung Nirwanas münden. Mag immerhin vom „Wahn" in dem Werke gesprochen werden und dann der Anklang an Schopenhauers Lehre unverkennbar sein, so sind doch auch diese Äußerungen nicht im Sinn der Sehnsucht nach dem Tod gemeint, sondern von humorvoller Weltbetrachtung getragen.

Unleugbar also ist Wagner nach 1854 nicht zum bloßen treuen Herold Schopenhauers geworden. Wer dürfte auch von einem Künstler fordern, daß er sich rückhaltslos einem Denker unterordne, auch wenn noch soviel Gemeinsames in beiden besteht? Den Versuch und die Absicht, den Wert einer philosophischen Lehre für die Weltanschauung und das Schaffen eines Künstlers zu bestimmen, mißversteht völlig, wer da meint, daß der Künstler auf solchem Wege zu einem folgsamen Schüler des Philosophen gemacht werden soll.

Fürs erste scheint der Gedanke, den der Philosoph dem Dichter bietet, im Zusammenhang des künstlerischen Prozesses um nichts weniger Rohstoff zu sein, als irgendwelche anderen Dinge, die dem Dichter von außen zugeführt werden. Zur Entstehung des Kunstwerks kann der philosophische Gedankenstoff nur dann etwas Bedeutsames beitragen, wenn er zum Erlebnis wird, ganz wie jedes andere stoffliche Element, das ins Kunstwerk sich einfügt. Alle anderen Stoffe aber scheinen weit leichter dem echten Künstler Erlebnis werden zu können, als gerade philosophische Spekulation. Mindestens gilt heute allgemein die Ansicht, daß echtes Künstlerblut nichts schlechter vertrage, als abgezogene Denkvorgänge. Etwas Wahres ist an dieser Ansicht; allein sie wird einseitig übertrieben in einem Zeitalter, von dem noch immer das oben angeführte Wort Wagners gilt, man halte für die eigentliche rechte Philosophie, gar keine Philosophie zu haben. Immerhin beweist Wagner durch die Äußerungen, die er über Feuerbach und Schopenhauer getan hat, daß ihm — ganz wie Hebbel — Philosophie zum Erlebnis werden konnte.

Eine kurze Erwägung läßt das durchaus begreiflich erscheinen. Philosophie und Dichtung suchen das Leben sich zu verdeutlichen und seines tieferen Sinnes bewußt zu werden. Der Philosoph legt darum dem Dichter doch nicht bloßen Rohstoff zu beliebiger Benutzung und Erfassung hin, sondern unterwirft den Rohstoff des Lebens schon einer gedanklichen Umformung, leiht ihm eine Deutung, die einem ähnlichen Ziele zustrebt, wie die dichterische Ergründung des Lebens. Einem ähnlichen, durchaus jedoch nicht dem gleichen. Allein schon die Ähnlichkeit des Verhaltens von Philosoph und Dichter bedingt, daß der Philosoph dem Dichter auf halbem Wege entgegenkommt. Er ist des Dichters bester Gehilfe, wo es gilt, in die Tiefe des Erlebens zu dringen und seinen Sinn zu enträtseln.

Der Zusammenhang philosophischer und dichterischer Arbeit, wie er hier geschildert ist, läßt begreifen, daß der Dichter dem einen Philosophen am liebsten lauschen wird, der ihm seine Erlebnisse ähnlich deutet, wie er selbst sie sich erklären möchte. Dankbar entlehnt er dann von dem Philosophen festere und schärfer geprägte Formen, um seine inneren Erlebnisse klarer und faßbarer zu gestalten. Mit anderen Worten: der Dichter beugt sich am liebsten vor dem Denker, dessen Weltanschauung er selbst in allgemeinen Zügen vorweg in sich trägt. Schiller hätte die Ethik Kants nicht wie eine Offenbarung hingenommen, wenn er die Voraussetzungen des kategorischen Imperativs nicht längst in sich gehabt hätte; eben deshalb mußte er auch den kategorischen Imperativ umbiegen, soweit dieser seinem Lebensgefühl widersprach. Goethe fühlte sich zu keinem anderen Philosophen gleich stark hingezogen wie zu Spinoza und zu Schelling, weil er in Spinoza, mindestens in einer Anzahl von Gedanken Spinozas, sich selbst wiederfand, und weil Schelling ihm seine eigenen Ideen in einem neuen Gewande vortrug. Glänzend beweist Hebbel, wie weit ein Dichter aus eigenem einem Denker entgegenkommen kann: er entdeckte mehrfach nachträglich, daß Hegel längst ausgesprochen hatte, was er selbst durch sein Denken erbracht zu haben meinte.

Wagner vollends traf in den gegensätzlichen Denkrichtungen Feuerbachs und Schopenhauers nur auf die beiden gegensätzlichen Seiten seines Wesens. Zu voller Deutlichkeit brachten die beiden Philosophen ihm, was er in sich trug und was nach gedanklicher Ergründung und künstlerischer Gestaltung rief. Unter Feuerbachs Flagge konnte sich sammeln, was von leidenschaftlichem Lebensdrang, von Sinnenfreude, von Verlangen nach Macht, nach kraftvollem, zähem Sichdurchringen und -durchsetzen in Wagners Brust sich barg. In Schopenhauers Lehre begegnete er einer Spiegelung der eigenen Mißachtung des Welttreibens, der eigenen Sehnsucht nach Reinheit, nach Überwindung der Sinnlichkeit, endlich des ganzen Ekels, den ihm sein mühseliger, undankbarer Kampf mit Frau Welt eingetragen hatte.

Weil Wagner die Gegensätze, die in der Geschichte der Philosophie des 19. Jahrhunderts Feuerbach und Schopenhauer heißen, in sich trug und von vornherein in sich erlebt hatte, konnte er im Sinne Schopenhauers schaffen, ehe er ihn las, und auch wieder seine Selbständigkeit wahren, nachdem er sich in Schopenhauer wiedergefunden hatte.

Das Wichtige und Entscheidende ist: um ein großer Tragiker zu werden, bedurfte Wagner starker Gegensätzlichkeit des Erlebens. Tragik ist ohne kräftige Gegensätze nicht zu schaffen. Selbst der untragischste unserer großen Tragiker, selbst Goethe, fühlte gegensätzlich genug, um sein eigenes Ich in die Paare

Clavigo und Carlos, Tasso und Antonio, Faust und Mephisto zu zerspalten. Der Gegensatz, in dem Hebbel von Anfang an die Welt befangen sah, war der Widerspruch von Individuum und Welt, von Individuum und Gesellschaft. Schillers Charakter und seine künstlerische Form ist antithetisch aufgebaut. Sein Denken arbeitet durchgehends mit gegensätzlichen Paaren von Begriffen; sein Versbau, vor allem sein Distichenepigramm, holt seine Schlagkraft aus der Kunst der Gegenüberstellung. Den gegensätzlichen Begriffspaaren seiner Spekulation entsprechen gegensätzliche Paare von Menschen in seiner Tragödie: der Realist Wallenstein und der Idealist Max Piccolomini bezeichnen die beiden Pole, zwischen denen Schiller die Menschheit sich bewegen sah. Und wie bei Wagner zeigt sich, und zwar gleich zu Beginn, in den „Räubern", ein aus dem Zwiespalt des eigenen Wesens geschöpfter Gegensatz von Menschen, der stärkste, den Schiller jemals dargestellt hat. Nie wieder glückte ihm ein Paar von gleich machtvoller Gegensätzlichkeit. Es gelang, weil er in Karl Moor ebenso sich selber zeichnete, wie er in Franz Moor, dem metaphysischen Bösewicht, die materialistischen Neigungen verkörperte, die dem jungen Mediziner aus den Zynismen der französischen Philosophie seiner Zeit erwachsen waren und denen er nur mühsam und nicht ohne fremde Hilfe sich entzog.

Dieselben innerlichen Gegensätze, die heute — wir sahen es — Wagner zum Vorwurf gemacht werden, sind die wichtigste Voraussetzung seiner tragischen Kunst. Er hatte nur in einen Vorgang zusammenzufassen, was an gegensätzlichen Stimmungen in ihm sich abspielte, und eine Tragödie stand vor seinem

Künstlerauge. Die Entstehung des „Tannhäuser", wie Wagner selbst sie erzählt, versinnbildlicht dieses Verdichten erlebter Stimmungsgegensätze zu einer Tragödie.

Durch eine glückliche Veränderung seiner äußeren Lage, durch die Hoffnungen, die er auf eine noch günstigere Entwicklung setzte, endlich durch persönliche, in einem gewissen Sinn berauschende Berührung mit einer ihm neuen und geneigten Umgebung war in Wagner ein Verlangen genährt, das ihn auf Genuß hindrängte. Dieser Trieb wäre im Leben nur zu stillen gewesen, wenn Wagner als Künstler Glanz und Genuß durch vollständige Unterordnung seines wahren Wesens unter die Anforderungen des öffentlichen Kunstgeschmackes zu erstreben gesucht hätte. Seinem Gefühl wurde klar, daß er beim wirklichen Eintritt in diese Richtung vor Ekel zugrunde gehen müßte. Mit Widerwillen wandte er sich ab. Sehnsucht nach Befriedigung in einem höheren, edleren Elemente ergriff ihn. Und wie jenes Verlangen nach Genuß für ihn in einer von ihm bewunderten Frau, der Schröder-Devrient, eine Versinnlichung fand, so stellte sich ihm die neue Sehnsucht als etwas Reines, Keusches, Jungfräuliches, unnahbar und ungreifbar Liebendes dar. „Was endlich konnte diese Liebessehnsucht, das Edelste, was ich meiner Natur nach zu empfinden vermochte, wieder anderes sein, als das Verlangen nach dem Hinschwinden aus der Gegenwart, nach dem Ersterben in einem Elemente unendlicher, irdisch unvorhandener Liebe, wie es nur mit dem Tode erreichbar schien? Was war aber dennoch im Grunde dieses Verlangen anderes, als die Sehnsucht der Liebe, und zwar der wirklichen, aus dem Boden der vollsten Sinnlichkeit

3*

entkeimten Liebe — nur einer Liebe, die sich auf dem ekelhaften Boden der modernen Sinnlichkeit eben nicht befriedigen konnte?" In dieser Stimmung nahm er den „Tannhäuser" auf und vollendete ihn, im vollen Bewußtsein, daß er sich durch dieses Werk von der Welt des Glanzes und Genusses lossage, die sich ihm nur aufgetan hätte, wenn er dem öffentlichen Kunstgeschmack sich beugte.

Ein Künstlererlebnis liegt dem „Tannhäuser" zugrunde, ein Erlebnis, in dem der eine Grundtrieb Wagners mit dem anderen ringt und endlich der Trieb nach Reinheit und Weltflucht siegt. Es ist der Rhythmus des Erlebens, der auf Wagners Lebensweg später beim Übergang von Feuerbach zu Schopenhauer sich beobachten läßt, der Rhythmus, der nicht minder in der Mehrzahl von Wagners Dichtungen waltet.

Die Gegensätzlichkeit der beiden Seelen, die in Wagners Brust wohnten, ließ ihn im Jahr 1849 verkündigen: „Der eigne Wille sei der Herr des Menschen, die eigne Lust sein einzig Gesetz, die eigne Kraft sein ganzes Eigentum, denn das Heilige ist allein der freie Mensch, und nichts Höheres ist denn er." Im Geist dieser Forderung, die Nietzsches Übermenschen vorwegnimmt, predigt Wagners Siegmund das Evangelium des Diesseits und verachtet irdisches und himmlisches Gesetz. Und noch übermenschlicher ist der lachende Held Siegfried gedacht und geformt, der den Speer zerschlägt, an dem einst seines Vaters Waffe zerschellte. Diese Gegensätzlichkeit ließ all die übermenschliche Herrlichkeit aber auch in eine Götterdämmerung ausklingen. Wie hier vor der Bekanntschaft mit Schopenhauer in Wagner der Übergang zu Schopenhauers Weltflucht sich naturnotwendig abspielt, so konnte zuletzt in Parsifal ein Mitleidsmensch entstehen, den die Anhänger Schopenhauers ganz für sich in Anspruch nehmen, um dessentwillen der Verkündiger des Übermenschen mit Wagner brach, und in dem wiederum Chamberlain einen kampflustigen, tatenfrohen Helden, ja ein Genie der Tat sehen will. Tatsächlich ist Parsifal weder das eine noch das andere, weil er die Möglichkeit, beides zu sein, in sich trägt. Jede Deutung, die nur die eine Seite sehen will, versündigt sich an dem Dichter Wagner. Er war ein Künstler, dem der zwiespältige Reichtum seines Inneren die Macht lieh, tragische Gegensätze zu finden und sie aus eigenem Erlebnis lebendig zu gestalten. Als Künstler hatte er nie und nimmer die Aufgabe, Anwalt Feuerbachs oder Schopenhauers zu sein. Am wenigsten konnte der Tragiker mit Schopenhauers Spenden allein auskommen. Eine pessimistische Weltansicht, ein Hinweis auf Nirwana kann vielleicht einem lyrischen Gedicht genügen. Nie aber wird aus ihnen allein eine Tragödie entstehen, geschweige denn eine ganze Reihe dramatischer Dichtungen. Schopenhauer hat dem Dichter Wagner seine Träume gedeutet. Nicht indes hat er ihn verpflichtet, restlos Prophet der Willensverleugnung zu sein. Ein Künstler von Wagners Größe ist Menschengestalter und nicht Sprachrohr eines Philosophen. Schopenhauer gereicht es zum Ruhm, daß er dem Künstler Wagner die eine Seite seines Wesens verständlicher gemacht, daß er dadurch den tiefen Sinn seiner Erlebnisse ihm erschlossen hat. Allein die andere Seite von Wagners Ich, die Seite, auf der Feuerbachs Name stand, wurde von Schopenhauer nicht endgültig verhüllt. Wie arm wäre der Künstler Wagner geworden, wenn dies geschehen wäre!

Arm macht den Künstler, wer ihn um jeden Preis zum Verfechter einer einzelnen Ansicht stempelt. Auch Nietzsche ist von dem Vorwurf nicht freizusprechen, daß er um des „Parsifal" willen Wagner aus einem Dichter in den Verfechter eines Dogmas verwandeln wollte. Nicht Wagner, sondern höchstens Parsifal sinkt vor dem christlichen Kreuze nieder.

So erschütternd die Klage klingt, die Nietzsche um des „Parsifal" willen erhob, es wäre doch ein vergebliches Bemühen, in Wagners letztem Werk allein die Veranlassung zu Nietzsches Abfall zu suchen. Bedeutet „Parsifal" ja doch keine so völlige Umkehr, daß nach dem „Parsifal" dem Tondichter untreu werden mußte, wer bis dahin treu zu ihm gehalten hatte. Längst ist nachgewiesen, daß Nietzsche sich innerlich von Wagner losgelöst hatte, ehe „Parsifal" ihm den Gegensatz seiner Wünsche und der Weltanschauung Wagners auftat. Hinter den christlichen Symbolen des „Parsifal" stehen Gedanken, die schon in den älteren Dichtungen Wagners, vor allem im „Ring" sich kundtun. Nur eine willkürliche Umbiegung und Zurechtlegung dieser Gedanken konnte Nietzsche zum Anhänger Wagners machen; der Scheinbund zerfiel, sobald Nietzsche erkannte, wieviel er in Wagner, aber auch in Schopenhauer hineingedeutet hatte, um sich ihnen anschließen zu können. Daß er jedoch in Wagners Dichtung seine eigenen Ziele wiederfand, das lag an Wagners echt künstlerischer und echt tragischer Art, in Gegensätzen zu denken und zu gestalten. Nietzsche klammerte sich an „Siegfried". Der starke Lebenswille, der aus dem Werk spricht, kam seiner Lebensbejahung entgegen. Und gleichwohl bewies schon diese einseitige Deutung eines einzelnen Teiles der Nibelungentrilogie, daß Nietzsche an das Kunstwerk einen unkünstlerischen Maßstab anlegte. Er wollte nicht das Ganze sehen, weil es ihm ganz gewiß gesagt hätte, daß er irre. Denn wenn der „Ring" ein Bekenntnis darstellt, so zeigt nicht „Siegfried", die hellgetönte Episode, sondern die düster ausklingende „Götterdämmerung" auf die wahre Absicht dieses Bekenntnisses hin. Allein dem Künstler Wagner war es gewiß mehr um die starken künstlerischen Gegensätze des „Rings" zu tun, als um eine rückhaltslose Verkündigung schopenhauerscher Lebensverneinung. Gegen Wagners eigene Deutungen darf diese Behauptung aufgestellt und verfochten werden. Mindestens ruht die künstlerische Leistung, die der „Ring" als Tondichtung darstellt, nicht auf der Hilfe, die er dem Pessimisten Schopenhauer leistet, sondern auf der Stärke und dem Reichtum der Zeichnung zweier Welten, die zu tragischem Konflikte gelangen. Wagner konnte an diese Zeichnung soviel Kraft wenden, weil ihm die eine Welt durch Feuerbach, die andere durch Schopenhauer verdeutlicht und verklärt worden war. Nietzsche wollte Wagners freikünstlerische Formung dieser zwei Welten einengen und einschränken, er wollte nur sehen, was der Richtung Feuerbachs entsprach. Wohl konnte er dann zum Anhänger Wagners werden, aber nicht des Künstlers, sondern eines vermeinten Bekenners. Dieser Fehlgriff, diese Willkür mußte sich rächen, mußte zu einem Rückschlag führen, sobald Nietzsche entdeckte, daß Wagner nach wie vor auch die andere Welt verkörperte, die sich in die Farben Schopenhauers kleidete. Und doch ist auch „Parsifal" vielzusehr Kunstwerk, als daß von einem rein schopenhauerschen Werk die Rede sein dürfte. Soweit hat Chamberlain, wenn er die lebenbejahenden Züge der Dichtung von Parsifal zusammenstellt, gewiß recht: auch im „Parsifal" wird künstlerisch eine Welt mit ihrem Gegensatz vorgeführt, um künstlerischen Zwecken zu genügen, nicht um gut schopenhauerisch zur Weltflucht zu bekehren. Nietzsche, obwohl selbst Künstler, übersah, daß ein echter Künstler den Reichtum des Lebens aussprechen, nicht ethische Grundsätze verteidigen will. Er übersah es, weil Wagner dazu neigte, sich, wenn er von seinen Dichtungen redete, bekenntnishafter auszudrücken, als es seiner künstlerischen Schaffensart entsprach. Dichter von starkem Temperament und von ausgesprochener Neigung zu sittlich bemessender Weltbetrachtung gewinnen leicht den Anschein von Moralpredigern, wenn sie über ihre Werke reden, auch wenn diese Werke aus reiner Freude am Reichtum menschlichen Lebens entsprungen sind.

Tatsächlich aber gelangte Wagner zuletzt auch dann, wenn er nicht künstlerisch, sondern rein gedanklich sich äußerte, nicht gut schopenhauerisch zu vollständiger Verneinung des Willens zum Leben. Der Künstler Wagner schuf vollends nicht Menschen, die nur sich vom bösen Lebenswillen erlösen wollen, Menschen vielmehr, die solche Erlösung anderen bringen möchten. Noch Parsifal ist so geartet. Raoul Richter betont, wie wenig Wagners Menschen auf selbstische Verneinung des Lebenswillens, wie sehr sie auf selbstlose Tat ausgehen.

Mag auch das von Nietzsche noch weit genug entfernt bleiben, so steht hinter Wagners Werken und Wirken doch die frohe Zuversicht, daß die Menschheit gebessert werden könne, daß eine Wiedergeburt ihr bevorstehe. Aus dem Pessimismus

Schopenhauers eröffnete sich für Wagner ein optimistisch gedachter Blick in die Zukunft. Oder vielleicht rang sich durch die Decke, die Schopenhauer über Wagners einstige Zukunftshoffnungen breitete, nachmals der Optimismus durch und die Freude an der Welt, die Feuerbach ihm geschenkt hatte. Die Mittel der Welterneuung, die Wagner in Bewegung setzen wollte, die Aufgabe, die er gleichzeitig der Kunst stellte, den ewigen Kern des Christentums aus den Trümmern kirchlich-dogmatischer Lehren zu retten, all das stand freilich zu Nietzsches Meinung in stärkstem Gegensatz. Aber es war ein Gegengewicht gegen die Weltfluchtstimmungen, die Schopenhauer in Wagner nährte. Zum Segen gereichte dem Künstler Wagner, daß sein Weltbild trotz der starken Wirkung von Schopenhauers Pessimismus eine optimistische Spitze behalten hat. Dieser optimistische Zusatz bewahrte seine Schöpfungen vor der Gefahr, in Enge und Einseitigkeit zu verfallen, und ließ ihnen genug innere Freiheit, um Kunstwerke zu werden.

II

Nicht nur aus unvereinbaren Widersprüchen in der Auffassung des Lebens und der Aufgaben des Menschen stammt Nietzsches Abfall von Wagner. Auch Künstlerisches wirkte mit. Anhänger und Verteidiger Wagners aber war Nietzsche einst geworden, nicht nur, weil er in ihm die Lebensbejahung zu finden glaubte, die er selbst verfocht, sondern weil Wagners Kunst seinen eigenen Wünschen entsprach. Künstlerische Erwägungen führt die Schrift von 1872, in der Nietzsche für Wagner eintrat, die er Wagner widmete und über die Wagner entzückt war, für das Tondrama ins Feld. Wohl war „Die Geburt der Tragödie aus dem Geiste der Musik" entstanden, ohne daß ausdrücklich auf Wagner Bezug genommen wurde. Nachträglich nur wurde das Buch zu einer Kampfschrift für Wagner. Etwas Entscheidendes wollte Nietzsche für ihn tun, und so fügte er in seine Arbeit all das ein, was Wagners Tondramen mit der griechischen Tragödie in Beziehung setzt. Später, nachdem er sich von ihm abgewandt hatte, bereute er, das „grandiose griechische Problem", wie es ihm aufgegangen war, durch Einmischung der modernsten Dinge verdorben zu haben. Über die Hoffnungen, die Wagner einst in ihm wachgerufen hatte, konnte er vollends zuletzt nur noch spotten.

Nietzsches vielumstrittene Schrift von 1872 prägte einen ästhetischen Gegensatz aus, schenkte uns ein Paar von Begriffen, die heute unentbehrlich geworden und auch dort anzutreffen sind, wo die Anwendung, die sie durch Nietzsche fanden, und die Deutung des griechischen Wesens, die Nietzsche in einer scharfsinnigen, vielleicht aber einseitigen Verwertung des Begriffspaares wagte, keinen Beifall erhalten. Schon Friedrich Schlegel hatte 1797 angemerkt, daß in Sophokles die „göttliche Trunkenheit des Dionysos" und die „tiefe Besonnenheit des Apollo" gleichmäßig verschmolzen seien. Für Nietzsche erweiterte sich der Gegensatz des Apollinischen und Dionysischen zu einer Antithese, die eine grundsätzliche Verschiedenheit des künstlerischen wie des menschlichen Verhaltens in sich faßte. Schiller hatte ähnliches gemeint, als er den plastischen Dichter vom musikalischen schied; auch die Gegenüberstellung pittoresker und plastischer Kunstweise, mit der die Romantik arbeitete, wies auf einen verwandten Unterschied der Gefühle und des Gestaltens. Unter dem Dionysischen barg sich für Nietzsche alle künstlerische Betätigung, die aus bacchischem Taumel erwächst und ihn wachruft, unter dem Apollinischen hingegen die Kunst der Besonnenheit. Hier durchsichtige Klarheit, dort wilder Rausch, hier einfache Schönheit, dort orgiastisches Mysterium. Das Apollinische kommt zu künstlerischer Erscheinung, wo bewußtes Schaffen waltet, das Dionysische steigt aus den Tiefen des Unbewußten empor.

Seit Winckelmann hatte die Welt des Griechentums fast nur noch den Anschein apollinischer Klarheit und Reinheit erweckt; Nietzsche wollte dem Griechentum auch das Gefühl und die Gestaltungsmöglichkeiten des Dionysischen zuerkennen. Wie Winckelmann und seine Anhänger, die deutschen Klassiker, das Lebensgefühl der alten Griechen zu treffen meinten, wenn sie mit leiser Besonnenheit eine Kunst der edlen Einfalt und stillen

Größe schufen, so wollte Nietzsche im Griechentum auch die gegenteiligen Züge dionysischer Unbewußtheit aufdecken, neben griechischer Klassik auch griechische Romantik als eine geschichtliche Tatsache erweisen.

Eine Verbindung des Apollinischen und Dionysischen aber wurde von Nietzsche der griechischen Tragödie zugebilligt. In ihr verknüpft sich das gesprochene mit dem gesungenen Wort. Die Musik ist die Kunst des Dionysischen. Die Musik gehört weit mehr in das Gebiet des Unbewußten als die Poesie. Soweit Musik in der griechischen Tragödie ertönt, glaubte Nietzsche den ekstatischen Taumel des Dionysischen zu gewahren. Aus dem gesungenen Chor war die griechische Tragödie hervorgegangen; der Verzicht auf den Chor führte sie ihrem Ende zu. Dionysosfeier war die Absicht des alten tragischen Chorlieds gewesen, an den Festtagen, die dem Dionysos gewidmet waren, wurden die Tragödien des Aischylos und Sophokles aufgeführt. Und in den Tragödien dieser beiden, weit weniger schon in denen des Euripides, besang der Chor, voll bacchischen Taumels, ekstatisch verzaubert, die Gesichte, die in der Tiefe der Seele ihm aufgestiegen waren. Musik öffnete da die Pforten, die sonst fest verschlossen dem Unberufenen jeden Zutritt zu den Geheimnissen des Unbewußten wehren. So etwa folgerte Nietzsche.

Es bedarf keiner Erläuterung, wieweit diese Auffassung der griechischen Tragödie, des Griechentums überhaupt, Wagner entgegenkam. Auch Wagner wollte dem Wortdrama, das von dem deutschen Klassizismus geschaffen worden war, die Musik, die eigentliche Sprache des Unbewußten, hinzugewinnen. Wagners Tondrama bedeutet eine ähnliche Verschmelzung von Poesie und Musik, wie sie in der griechischen Tragödie herrscht. Wenn jedoch Nietzsches Schrift von 1872 Wagner neben Aischylos und Sophokles stellte, so paarte nicht bloß ein Philologe Antikes mit Modernem, um diesem Modernen ein höheres Daseinsrecht zu erweisen. Ihm war Wagners Tondrama etwas Großes, nicht weil es antiker Kunstübung nahekam, sondern weil es gleich dieser den Weg zu hoher Kultur zu eröffnen schien.

Der Kulturphilosoph Nietzsche spähte, als Deutschland 1871 zu ungeahnter Macht gelangt war, ängstlich nach den Mitteln, durch die Deutschland auch einer reichen und starken Kultur teilhaftig würde. In Wagners Werken glaubte er eine Bürgschaft zu besitzen, daß sein Suchen und Hoffen nicht vergeblich sei. Das wundergleiche plötzliche Erwachen einer Tragödie im Sinn der Griechen bedeute, meinte er, Unermeßliches für den innersten Lebensgrund eines Volkes. Das Volk der tragischen Mysterien hatte die Perserschlachten geschlagen! Das Volk, das die Perser besiegt hatte, brauchte die Tragödie als notwendigen Genesungstrank! Was mußte für Nietzsche Wagners Werk werden, wenn er es nach 1871 von diesem Gesichtspunkt aus beschaute! Die Übereinstimmung von Gegenwart und alter griechischer Blütezeit der Kunst und der Kultur konnte nicht größer, nicht schlagender sein. Überschwengliche Hoffnungen taten sich dem Kulturphilosophen Nietzsche von hier aus auf.

Unnötig ist es, bei der Frage zu verweilen, wieviel für Nietzsche zusammenbrach, als er diese Hoffnungen aufgab, als er von Wagner sich abkehrte, als er über die Erwartungen, die

Wagner in ihm erweckt hatte, nur noch bitter lächeln konnte. Auch ein zweites sei hier nicht weiter erwogen, nur angedeutet, nur gestreift: wie Nietzsche auch da, wo er aus ganz künstlerisch gemeinten Erwägungen die Bedeutung des Dionysischen in Wagners Werken bemißt, doch gleich wieder zu sittlicher Bewertung gedrängt wird, nicht im Umkreis des Ästhetischen stehn bleibt, sondern sofort die Zwecke ergründen möchte, die der Kunst Wagners im Leben sich ergeben. Dagegen muß an dieser Stelle dargetan werden, wie in der ganzen Auffassung des Dionysischen und besonders der Rolle, die das Dionysische in der Musik spielt, Gedanken Schopenhauers die Betrachtungen Nietzsches bestimmen. Zugleich eröffnet sich hier ein weiter Ausblick, ein tiefer Einblick für jeden, der Wagners Verhältnis zu Schopenhauer ergründen will. Keine Gedankenreihe aus Schopenhauers Schriften konnte für Wagner wichtiger sein, als des Philosophen Aussprüche über Musik. Ihr wies Schopenhauer eine Stellung zu, die weit hinausragte über alles, was bis dahin der Musik zugebilligt worden war. Mußte Wagner nicht jubelnd zustimmen, mußte er nicht seine beste und festeste Stütze in diesen Kundgebungen Schopenhauers entdecken? Merkwürdigerweise tut sich gerade an diesem Platze ein starker Unterschied zwischen Schopenhauers Denken und Wagners Kunstübung auf. Ja, eine entscheidende Eigenheit von Wagners Künstlertum erschließt sich, wenn dargetan wird, wieweit sein Schaffen von dem Bild abstand, das der Denker Schopenhauer von dem Wesen des Genies und von dem künstlerischen Gestalten des Musikers entworfen hatte.

Nietzsche macht die Musik zur Kunst des Unbewußten. Aus

dionysischem Taumel wird sie geboren und gleich der Seherin,
die vom Gott begeistert ist, verkündet sie, was vom Worte nie
gesagt werden kann. Schopenhauer hatte der Musik diesen
hohen Erkenntniswert zugebilligt. Der Genius, der die Melodie
erfinde, decke durch sie die allertiefsten Geheimnisse des menschlichen Wollens und Empfindens auf. Der Komponist offenbare
das innerste Wesen der Welt und spreche die tiefste Weisheit
aus. Seine Vernunft verstehe die Sprache der Musik selbst
nicht. Fern von aller Reflexion und bewußter Absichtlichkeit,
aus einer Inspiration, schaffe er sein Werk. Wie eine „magnetische Somnambule" Aufschlüsse gebe über Dinge, von denen
sie wachend keinen Begriff habe, ebenso unbewußt verkünde
der Musiker die Geheimnisse der Welt. Das Schaffen des
Komponisten wird mithin einem hypnotischen Vorgang gleichgestellt.

Lange ehe Schopenhauer in seinem Hauptwerk solche Ansichten vertreten hatte, war ein Frühromantiker bemüht gewesen,
das innerste Wesen der Musik in ahnungsvollen Andeutungen
zu umschreiben. Tiecks Jugendfreund Wilhelm Heinrich Wak-
kenroder verwertete 1799 zu diesem Zwecke das Bild eines
fließenden Stromes. „Keine menschliche Kunst", sagt er, „vermag das Fließen eines mannigfaltigen Stroms, nach allen den
tausend einzelnen, glatten und bergigten, stürzenden und schäu-
menden Wellen, mit Worten fürs Auge hinzuzeichnen, — die
Sprache kann die Veränderungen nur dürftig zählen und nennen, nicht die aneinanderhängenden Verwandlungen der Trop-
fen uns sichtbar vorbilden. Und ebenso ist es mit dem geheimnis-
vollen Strome in den Tiefen des menschlichen Gemütes be-

schaffen, die Sprache zählt und nennt und beschreibt seine Verwandlungen, in fremdem Stoff; — die Tonkunst strömt ihn uns selber vor. Sie greift beherzt in die geheimnisvolle Harfe, schlägt in der dunkeln Welt bestimmte dunkle Wunderzeichen in bestimmter Folge an, — und die Saiten unsres Herzens erklingen, und wir verstehen ihren Klang."

Schon Wackenroder erkannte der Musik das Vorrecht zu, in ihrer Sprache das Innenleben des Menschen reiner wiederzugeben, als es dem Wort gegönnt sei. Reiner, aber verständlicher! Und wie Schopenhauer suchte Wackenroder die Voraussetzung dieser Leistung nicht in einem bewußten Vorgang und nicht in einer Betätigung der Vernunft des Musikers. Schopenhauer ging nur noch um einen Schritt weiter: nach seiner Auffassung spricht Musik nicht nur das Innenleben des Menschen, sondern in diesem das innerste Wesen der Welt aus.

Von einem Vorzug ist hier die Rede, den die Musik vor allen übrigen Künsten hat, vor allem vor der Dichtung. Nur ganz entfernt ist an die Tatsache gedacht, daß Musik keiner Übersetzung bedarf, um allgemein verstanden zu werden, mindestens von Angehörigen eines und desselben Kulturkreises. Vielmehr ruht Wackenroders wie Schopenhauers Behauptung auf der Eigenheit der Musik, tiefer als irgendeine andere Kunst, tiefer auch als Poesie, in den Menschen hineinzugreifen, die menschliche Seele am restlosesten auszuschöpfen, das Innerste der Menschenbrust zu erschließen und das Gemüt der Hörer am mächtigsten aufzuwühlen. Das Unaussprechliche, das in Worte nicht zu kleiden ist, wird auch von der Musik nicht begrifflich klar gemacht, wohl aber miterlebbar und mitfühlbar. Wackenroder und Schopenhauer betonen gleichmäßig, daß der Musiker nicht auf dem Umweg durch den Verstand zu solchen Erfolgen gelange. Aus dem Gefühl kommt die Melodie und unmittelbar zum Gefühl spricht sie. Sie verbindet auf dem kürzesten Wege das Gefühl des Schaffenden und das Gefühl des Genießenden.

Wer schärfer zusieht, entdeckt bald, daß der Wert, der von Wackenroder und Schopenhauer der Musik zugesprochen wird, ihr nicht einzig und allein, sondern nur in höherem Ausmaß zukommt, als einer anderen Kunst.

Jede Kunst arbeitet mit stofflichen und gedanklichen Mitteln, überdies aber noch mit einer Wirkung, die weder im Stofflichen noch im Gedanklichen begründet ist. Dichtung, Malerei und Bildhauerkunst arbeiten mit Stoffen, stellen Menschen oder Naturerscheinungen vor uns hin, prägen aber auch diesen Stoffen etwas Gedankliches ein. Ein einziger Stoff kann durch verschiedenartige gedankliche Prägung vielfältigsten künstlerischen Ausdruck finden. Auch in der Baukunst ist Stoff und Gedanke zu beobachten. Und da wie dort läßt das Stoffliche und Gedankliche sich in Worten ausdrücken.

Allein die eigentliche künstlerische Leistung geht über die gedankliche Prägung und Umprägung eines Stoffes noch weit hinaus. Ja, das eigentlich Künstlerische liegt wohl in diesem Mehr. Wir nennen es Form, und nur mit großer Schwierigkeit ist über diese Form etwas Ersprießliches zu sagen. Wer die Form eines Kunstwerks zu beschreiben unternimmt, wird nach langer Mühe oft verzweifelt von dem Versuche abstehen. Denn was er als Form fühlt, was den eigentlichen und eigentümlichen Reiz des Kunstwerks ausmacht, das erscheint in seinen Darlegungen nur verblaßt, verundeutlicht, unerkennbar. Es sind die Züge des Kunstwerks, die ihm seine besondere Stimmung leihen, Züge, die den Gefühlston bestimmen, den das Kunstwerk in uns erklingen läßt. Wie fern bleibt diesem Gefühlston, wenn er von einer Dichtung ausgelöst wird, die Aufzählung der metrischen Merkmale, der Versuch, den helleren oder dunkleren Klang der Sprache zu bestimmen. Beruhigend oder aufreizend, anspannend oder abspannend, weich hingebungsvoll oder verhärtend und Kraft erweckend kann die Dichtung wirken. Ähnliches entströmt Werken der bildenden Kunst und der Architektur; die Wahl der Farbe und der Belichtung, die Gestaltung der Flächen und die Führung der Linien bedingen den Gefühlston, ebenso wie er in einer Dichtung durch die tönenden Sprachmittel veranlaßt wird. Eine Sprache der Form macht sich da wie dort vernehmlich, die letzten Endes nur gefühlt, nicht in Wortsprache übersetzt zu werden vermag. Und auch die Quelle dieser Formsprache von Dichtung, bildender Kunst und Architektur ist zunächst das Gefühl des schaffenden Künstlers, sicher nicht minder, als wenn es sich um ein Werk der Musik handelt.

Indes ganz gewiß ist Musik die dingbefreiteste Kunst. Das Stoffliche und das Gedankliche spielt in der Musik eine weit geringere Rolle, als in den anderen Künsten. Denn die Musik besitzt vor allem weit schwächere und unwirksamere Mittel, Stoffliches und Gedankliches auszudrücken. Dieser Nachteil wird jedoch voll aufgewogen durch die Macht der Musik, in ihrer Sprache das Gefühl unverkennbarer und unvermischter wiederzugeben, als Dichtung oder bildende Kunst, und es darum auch machtvoller und zielsicherer zu erwecken. Die Formsprache der Poesie liegt wesentlich in ihren musikalischen Eigenheiten, in der Melodie, die von den Worten gebildet wird. Um wieviel schwerfälliger aber erklingt Musik aus den Tönen der Sprache, als unmittelbar aus den Tönen des Gesanges oder eines Instruments! Erdenschwere hängt noch den Versen des größten Formkünstlers an; diese Erdenschwere ist der Musik selbst genommen. Darum kann auch keine Kunst eine einzelne Stimmung mit gleicher Sicherheit erwirken, wie die Musik. Und darum spricht Musik das Innerlichste des menschlichen Gemüts am reinsten und am vollsten aus. Die Sprache der Form klingt am deutlichsten und vernehmlichsten in der Musik. Mühelos schier redet Musik zu jedem verständnisvollen Lauscher ihre eindringliche Sprache. Ein Gegensatz wie der von Dur und Moll geht aus dem Tonstück sofort jedem auf; wieviel Vertiefung und Versenkung fordert Poesie oder Malerei, um ähnliche Stimmungsgegensätze dem Leser oder Beschauer fühlbar zu machen! Zu Tränen rührt keine andere Kunst so leicht und so rasch, wie die Musik.

Dahingestellt bleibe vorläufig, ob der Musiker ohne alle verstandesmäßig vorgehende Erwägung diese machtvolle Wirkung auf das Gemüt ausübt, ob er wirklich nur aus dem Gefühl auf das Gefühl wirkt. Stützt sich die Formsprache der Musik nicht vielmehr auf technische Kunstgriffe, die seit Jahrhunderten sich immer reicher und immer verwickelter gestaltet haben? Über die Mittel, die eine bestimmte Wirkung mit sich führen, eine beabsichtigte Stimmung erwecken, ist der Komponist weit besser unterrichtet, als der Dichter, der Maler, der Bildhauer. Er singt am allerwenigsten nur so, wie der Vogel singt. Glücklicher Einfall und Inspiration bedeuten für die Formsprache der Poesie und der bildenden Kunst meist mehr, als für die der Musik. Denn technisch ist der Musiker viel gründlicher geschult, freilich auch durch die Bedingungen der Harmonielehre weit enger gebunden, als der Dichter, wenn er Worte zu Versen werden läßt, als der Maler, wenn er den Pinsel, der Bildhauer, wenn er den Meißel führt oder wenn er den Ton formt. Was bei diesen wie Zufall erscheint, ist beim Musiker Ergebnis langer und mühsamer Schulung.

Allein Wackenroder und Schopenhauer dachten am wenigsten an die erlernbaren Geheimnisse musikalischer Technik, wenn sie im Musiker den unbewußten Erschließer des menschlichen Innenlebens erkannten. Ihnen schwebte der eine große Gegensatz vor, der zwischen der Musik und ihren Schwesterkünsten sich auftut: Gefühl und Stimmung, diese ungreifbarsten und ganz nur aus den Tiefen des Unbewußten aufsteigenden Kunstmittel, sind der eigentliche Gegenstand der Musik und auch der einzige, der im musikalischen Kunstwerk immer anzutreffen ist. In anderen Kunstwerken ist Gefühl und Stimmung an Stoffe und Gedanken, an Begriffliches also, gebunden.

Schopenhauer freilich hebt nicht nur das Unbewußte des musikalischen Schaffens hervor, nennt nicht nur den Komponisten eine „magnetische Somnambule“; vielmehr schreibt er dem Genius überhaupt zu, daß seine Werke nicht aus Absicht und Willkür hervorgehen, sondern daß er dabei von einer instinktartigen Notwendigkeit geleitet sei.

Anders Wagner! In einem Briefe vom Jahre 1847 warnt er vor Unterschätzung der künstlerischen Reflexion: „Schlagen Sie die Kraft der Reflexion nicht zu gering an; das bewußtlos produzierte Kunstwerk gehört Perioden an, die von der unseren fernab liegen: das Kunstwerk der höchsten Bildungsperiode kann nicht anders als im Bewußtsein produziert werden. Die christliche Dichtung des Mittelalters z. B. war diese unmittelbare, bewußtlose: das vollgültige Kunstwerk wurde aber damals nicht geschaffen, — das war Goethe in unserer Zeit der Objektivität vorbehalten. Daß nur die reichste menschliche Natur die wunderbare Vereinigung dieser Kraft des reflektierenden Geistes mit der Fülle der unmittelbaren Schöpferkraft hervorbringen kann, darin ist die Seltenheit der höchsten Erscheinung bedingt."

Erweckt auch dieses oder jenes Wort des frühen Bekenntnisses Bedenken, so beweist die briefliche Äußerung doch zur Genüge, wie gut der Künstler Wagner die Bedeutung der Reflexion für sein Gestalten kannte, wieviel Recht er der Reflexion, im Gegensatz zu dem Denker Schopenhauer, zuerkannte. Natürlich machte Wagner darum künstlerisches Schaffen nicht ohne weiteres zu einem Werk der Reflexion, am wenigsten sein eigenes. Gleichwohl sollte nicht ohne Bedenken neben Schopenhauers Wort von der instinktmäßigen Notwendigkeit, aus der die Werke des Genies hervorgehen, eine Äußerung Wagners vom Jahr 1850 — sie steht am Anfang der Schrift „Das Kunstwerk der Zukunft" — gelegt werden, bloß weil auch sie von „Notwendigkeit" spricht: „Wohl verfährt der Künstler zunächst nicht unmittelbar; sein Schaffen ist allerdings ein vermittelndes, auswählendes, willkürliches: aber gerade da, wo er vermittelt und auswählt, ist das Werk seiner Tätigkeit noch nicht das Kunstwerk; sein Verfahren ist vielmehr das der Wissenschaft, der suchenden, forschenden, daher willkürlichen und irrenden. Erst da, wo die Wahl getroffen ist, wo diese Wahl eine notwendige war, und das Notwendige erwählte, — da also, wo der Künstler sich im Gegenstande selbst wiedergefunden hat, wie der vollkommene Mensch sich in der Natur wiederfindet, — erst da tritt das Kunstwerk in das Leben, erst da ist es etwas Wirkliches, sich selbst Bestimmendes, Unmittelbares."

Mit großer Feinheit und Schärfe, gewiß auch aus tiefblikkender Selbstbeobachtung, enthüllt Wagner ein Geheimnis, das nur am eigenen Leibe dem Künstler aufgehen kann: wie aus bewußtem Suchen und Wählen langsam eine Entscheidung aufsteigt, die den Eindruck des Notwendigen erweckt. Helles Licht fällt hier, nicht auf den Ablauf, der von halb oder ganz unwillkürlicher Konzeption eines Kunstwerks zu der bewußten Ausführung reicht, sondern auf den späteren, für den Künstler weit wichtigeren, weit gefährlicheren Vorgang, da er aus der Fülle der Möglichkeiten, die der Ausgestaltung eines einzelnen künstlerischen Zuges sich darbietet, die eine einzige aussucht, die ihm dann als die notwendige, als die allein mögliche sich darstellt.

Auf gleiches richten sich Worte, die Wagner bald darauf seinem Werk „Oper und Drama" einfügte. Er spricht da vom Drama und nennt es das vollendetste Kunstwerk. Weil es dies sei, müsse in ihm die „Absicht" durch ihre vollständigste Verwirklichung zur vollsten Unmerklichkeit aufgehoben sein. „Wo im Drama die Absicht, d. h. der Wille des Verstandes, noch merklich bleibt, da ist auch der Eindruck ein erkältender, denn wo wir den Dichter noch wollen sehen, fühlen wir, daß er noch nicht kann." Nur wenn die Absicht vollkommen in das Kunstwerk aufgehe, bewähre sich das Können des Dichters. Wagner nennt diesen Vorgang „die Gefühlswerdung des Verstandes."

Wohl neigte Wagner in späterer Zeit dazu, mit Schopenhauer das Unbewußte des künstlerischen Schaffens in den Vordergrund zu schieben. Dennoch ist es durchaus nicht nur ein Zugeständnis an den Philosophen, wenn er dann einmal bemerkte: „Auch im Künstler ist der darstellende Trieb seiner Natur nach durchaus unbewußt, instinktiv, und selbst da, wo es der Besonnenheit bedarf, um das Gebild seiner Intuition mit Hilfe der ihm vertrauten Technik zum objektiven Kunstwerk zu gestalten, wird für die entscheidende Wahl seiner Ausdrucksmittel ihn nicht eigentlich die Reflexion, sondern immer mehr ein instinktiver Trieb, der eben den Charakter seiner besonderen Begabung ausmacht, bestimmen." Die Äußerung ist wichtig, schon wegen der Einblicke, die sie in das Verhältnis von Bewußtsein und Unbewußtsein eröffnet, das bei Wagner bestand, wenn er die technische Seite seiner Kunst allein vor Augen hatte. Sie ist Wagners Beitrag zur Lösung der Frage, die oben aufgeworfen worden ist, der Frage nach den Grenzen unbewußten Schaffens, die von dem Verstandesmäßigen musikalischer Technik dem Musiker gezogen werden.

Zugleich weist diese Bemerkung über musikalische Technik auf entscheidende Gegensätze hin, die zwischen Wagner und Schopenhauer bestehen. Gerade über musikalische Technik dachten sie grundverschieden.

Längst bemerkt ist das widersprechende Urteil, das Schopenhauer und Wagner über absolute Musik fällten: Schopenhauer stellte reine Musik über die Verbindung von Musik und Wort, wie sie im Liede, und von Musik und Handlung, wie sie in der Oper besteht; Wagner sagte dem absoluten Musiker nach, er irre auf dem unabsehbaren grauen Nebelfeld reiner absoluter Erfindung. Wagners Gesamtkunstwerk stützt sich auf diese Ablehnung der absoluten Musik und möchte dartun, um wieviel die Verbindung von Musik, Sprache und Gebärde die reine Musik übertreffe. Mag immerhin Wagner zuerst, innerhalb dieser Verbindung, der Dichtkunst die Führung anvertraut, später das Hauptgewicht auf die Musik gelegt haben, der Verbindung selbst diente er bis an sein Lebensende. Auch spätere resignierte Betrachtungen Wagners über das Verhältnis der Musik zur Dichtkunst ändern an dem Wesentlichen des Gegensatzes der Auffassung Schopenhauers und Wagners nichts. Wohl pries nur der junge Wagner Beethovens neunte Symphonie auf Kosten von Beethovens absoluten Musikwerken, weil sie das Wort Schillers zu Hilfe nahm. Später wies er viel mehr auf die Erfahrung hin, daß eine Musik nichts von ihrem Charakter verliere, wenn ihr auch sehr verschiedenartige Texte unterlegt werden; nicht der poetische Gedanke, den man namentlich bei Chorgesängen nicht einmal verständlich artikuliert vernehme, sondern nur das von ihm werde aufgefaßt, was er im Musiker als Musik und zu Musik anrege. In diesem Zusammenhang sprach Wagner von der „Geringstellung" der Dichtkunst, die ihr zufalle, wenn sie mit Musik sich vereinige. Allein nur vom vertonten Wort ist da die Rede, nicht vom Gesamtkunstwerk. Wagner hätte seiner Lebensarbeit den Boden unter den Füßen weggezogen, wenn er nicht bis an sein Ende überzeugt geblieben wäre, daß in der Verbindung des gesungenen Worts mit der Instrumentalmusik und mit der Gebärde, d. h. mit dem Bühnenvorgang, die einzelnen Künste sich wechselseitig stützten und in ihrer Gesamtheit leisteten, was jede von ihnen allein niemals leisten konnte.

Abermals bewährt sich in dem zwiespältigen Verhältnis Schopenhauers und Wagners zur reinen Musik der Unterschied, der beide trennt, wenn sie von dem Bewußten und Unbewußten in dem Schaffen des Musikers reden. Schopenhauer sieht die Musik aus dem Unbewußten emporsteigen und eben deshalb schreibt er ihr zu, daß sie verkünden könne, was kein Denker zu sagen wisse. Die Unberührtheit dieses somnambulen Zustandes verschwindet in dem Augenblick, da die Musik Bündnisse eingeht mit Künsten, die weit bewußter sind. Für Schopenhauer gebot Musik über außerordentliche, alles menschliche Denken überholende Erkenntnismittel, weil sie auf alles Denken verzichtet und nur aus dem Gefühl strömt. So denkfrei ist nur reine Musik, nicht eine Musik, die auch noch der Sprache und ihrer Mittel des Gedankenausdrucks sich bedient. Nur die reine Musik verträgt die Gleichstellung mit einem Hypnotisierten, während vertonte Rede schon ins wache Leben übergreift.

Wagners Musik ist nicht wie rhythmische Volksmelodie nach absoluten musikalischen Gesetzen gebildet. Seine dramatische Melodie will der Ausdruck der Empfindungen und Handlungen dramatischer Persönlichkeiten sein. Menschliche Stimme und Orchester suchen deshalb nicht den melodischen Ausdruck an sich, sondern sie stellen sich in den Dienst der Rede und der Gebärde der Bühnengestalten, sie ergänzen nur, was diese beiden Verständigungsmittel nicht sagen können. Das Erste und die bedingende Voraussetzung ist die Rede; sie weist der Musik den Weg; ja wenn die Rede gefühlvoll vorgetragen wird, verrät sich schon die Melodie, dem Musiker bleibt lediglich die Aufgabe, die Melodie aus der Rede herauszuhören und festzuhalten.

Dieser Grundsatz herrscht schon im „Fliegenden Holländer". Strenger und strenger setzt er sich in den folgenden Werken durch. In „Tannhäuser" und „Lohengrin" bestimmt nur noch die Empfindung, die im Verse ausgedrückt wird, den gesteigerten musikalischen Ausdruck. Schon verzichtete Wagner auf den falschen rhythmischen Ausdruck der herkömmlichen Opernmelodie und setzte an dessen Stelle eine harmonische Charakteristik, die der im Verse vorgetragenen Empfindung den entsprechendsten Ausdruck lieh. Nach dem „Lohengrin" ging Wagner noch einen Schritt weiter: er stützte den Rhythmus der Melodie auf den Rhythmus der Sprache und des Verses.

Schon diese wenigen Andeutungen bezeugen, daß der Aufbau der Melodie in Wagners Werken nichts Somnambules in sich trägt. Vorbedingung und führende Voraussetzung ist die Sprache mit ihrer weit höheren Bewußtseinshelligkeit. Der Vers drückt der Musik sein Wesen und seine Form auf.

Gleichwohl rückt diese Musik, die zur Dienerin des Worts geworden ist, nicht gänzlich ab von der hohen Stellung, die Schopenhauer ihr zugewiesen hatte. Noch immer erhebt Wagners Musik den echt schopenhauerischen Anspruch, Dinge zu wissen und zu sagen, die keiner sonst erfassen und ausdrücken kann. Wohl erklärt und verdeutlicht die Musik im Gesamtkunstwerk nur das Wort und den Bühnenvorgang, aber sie führt auch weit hinaus über die Grenzen des Sichtbaren und der Gedankenformung; sie verrät alle unbewußten, nur gefühlsmäßigen Erlebnisse der Bühnengestalten. Das ist ja die letzte Absicht des Gesamtkunstwerks, darum erhob Wagner den Anspruch, über alle bloße Wortpoesie hinauf zu höheren Zielen steigen zu können. Er nahm die Musik zur Helferin, weil sie Möglichkeiten von Offenbarung seelischer Vorgänge barg, die dem Wortdrama fehlten. Sie gewann das Dionysische hinzu, sie blieb nicht beim Apollinischen stehen. Sie vermittelte dem Zuhörer die inneren Vorgänge der Menschen, die auf der Bühne sich bewegen, die Erlebnisse, die diesen Menschen nicht zum Worte wurden, weil sie eben nur Gefühlserlebnisse blieben.

Solche Gefühlserlebnisse, die zur Deutlichkeit sprachlichen Ausdrucks nie oder nur selten sich entwickeln, schenkt uns allen die Natur. Was der stille Wald in Siegfried wachruft, wenn er müde vor Fafners Höhle ruht, konnte von ihm selber nimmer in Worte gekleidet werden. Aber die Musik verrät uns das Raunen und Weben des Waldes. Elementare Naturvorgänge in koloristischer Tonmalerei durch die Instrumente des Orchesters zu vergegenwärtigen, der Musik auch da die Verkündigung des Unsagbaren anzuvertrauen, ist allen Tondramen Wagners eigen. Und fast durchweg erzählt uns die Musik nicht bloß von einem äußeren Naturvorgang, sondern vermittelt zugleich die Spiegelung, die dem Naturvorgang in der Seele der auf der Bühne handelnden Menschen ersteht. Nur wenn die

Zwerge schmieden, wenn die Dämpfe zischen, wenn Alberich klettert, wenn Mime knickt und nickt und gangelt, tritt das innere Erlebnis in den Hintergrund und die Musik beschränkt sich darauf, den äußeren Vorgang allein abzubilden; den Sinnen des Zuschauers kommt sie da vor allem zu Hilfe.

Das Unbewußte, in Worten Unausdrückbare wird so von der Musik ausgesprochen, kraft ihrer Macht, die Pforten des menschlichen Inneren aufzuriegeln, der Macht also, von der Wackenroder und Schopenhauer gekündet haben. Jedoch der Künstler, der hier diese Macht verwertet, übt in vollstem Bewußtsein sein Amt; er treibt eine Kunst des Unbewußten, während er selbst die Wirkungen dieser Kunst in kluger Berechnung bemißt. Dieses vollbewußte Hantieren mit den Mitteln des Gefühlsmäßigen ist bei Wagner noch weit besser zu beobachten, wo er seine Melodie aufbaut, wo er Motiv an Motiv reiht, um durch das einzelne Motiv genau die Stelle unserer Seele zu treffen, die von dem Wort der Bühnengestalten nicht erreicht wird. Wagners Motivik ist ein kühner Versuch, Gesetzmäßigkeit und Absicht in die Erscheinungen des Unbewußten zu bringen, mit Willen wachzurufen, was nur traumartig sich offenbaren möchte.

Die ganze Geschichte von Wagners Motivik kann an dieser Stelle nicht vorgetragen werden. Nur von der Entwicklungsstufe dieser Motivik, die im „Ring des Nibelungen" erreicht worden ist, sei hier die Rede. Und wie mehrfach schon, spiele Guido Adler auch im folgenden die Rolle des bewährten Führers.

Nicht so sehr als rein musikalisches Mittel, wie vielmehr als dramatisch-dichterische Hilfe kommt die Motivik für uns in Betracht. Denn wir möchten vor allem wissen, wieweit Wagner die Musik benützt, um durch sie zu sagen, was das Wort nicht aussprechen kann.

Die Motive des „Rings“ verbinden die einzelnen Teile des Kunstwerks melodisch zu einem Ganzen. Im „Rheingold“ ertönt ein großer Teil dieser Motive; die drei Teile, die vom „Rheingold“ eingeleitet werden, benötigen immer weniger neue Motive, da sie an die schon früher erbrachten Motive anknüpfen und sie verwerten können. Und zwar wird das einzelne Motiv, wenn es wiederkehrt, mehr oder minder umgestaltet; oder aber mehrere Motive treten zu einer neuen Verbindung zusammen. Ziel dieser umwandelnden und verknüpfenden Motivbehandlung ist zunächst nicht eine ebenmäßige musikalische Ausgestaltung, sondern Motiv um Motiv erklingt, je nachdem der äußere oder innere Hergang der Handlung es fordert. Die Musik dient, getreu dem Grundsatz des Gesamtkunstwerks, nicht ihren eigenen Zwecken, sondern den Absichten des dramatischen Vorgangs, der durch das Wort in seiner Hauptrichtung festgelegt ist. Nicht völlig entgangen wird der Gefahr, mosaikartig Motiv an Motiv zu reihen; denn das Motiv muß ja da erklingen, wo der Worttext es fordert, wo die Stimmung der dramatischen Handlung es verlangt. Es folgt nicht einem musikalischen Gesetze, überhaupt nicht einem Gesetz, das ihm eingeboren ist. Vielmehr gehorcht es den Geboten des Wortdramas.

Die Situation, in der es ertönt, bedingt auch die harmonischen und rhythmischen Umbildungen, denen es im einzelnen Fall unterliegt. Dur wird zu Moll, Moll zu Dur, reine Dreiklänge entwickeln sich zu Dissonanzen, ganz wie die Stimmung des Augenblicks es wünscht, der von der Dichtung gegeben ist. Dieser Stimmung entspricht der schnellere oder langsamere Gang des Motivs. Liebe und Sehnsucht aber lassen das Motiv dynamisch aufsteigen und anschwellen.

Assoziation ist die Voraussetzung der Motivbehandlung. Charakteristische Stoffelemente, einzelne Personen, wiederkehrende und darum der Dichtung bedeutsame Stimmungen haben ihre Motive und die Motive erklingen, sobald ein Bezug auf diese Stoffelemente, Personen und Stimmungen in der Dichtung sich einstellt. Und wie eine Reihe von Stoffelementen einen gedanklichen Zusammenhang besitzt, wie mehrere Personen, etwa durch verwandtschaftliche Bande, verknüpft sind, so besteht auch Gemeinsames zwischen den Motiven, die diesen gedanklich zusammenhängenden Stoffelementen, diesen verwandten Menschen zugeteilt sind. Das Ringmotiv und das Walhallmotiv stehen miteinander in Beziehung; denn Ring und Walhall gehören zusammen und bedingen sich wechselseitig. Ebenso haben die Wälsungen Motive, die musikalisch miteinander verwandt sind.

Diese Assoziationen der Musik entsprechen durchaus den stofflichen und gedanklichen Assoziationen der Dichtung. Was in der Dichtung wiederholt auftaucht, ruft nach einheitlicher oder mindestens ähnlicher Ausdrucksform. Die Form des Ausdrucks erinnert an den Zusammenhang, der tatsächlich besteht. Und zwar gilt es nicht nur einen äußeren, schematisch berechneten Parallelismus herzustellen. Voraussetzung ist die seelische Erfahrung, daß die Wiederkehr einer schon einmal verwerteten künstlerischen Form starke Gefühlswirkung auszulösen vermag, wenn sie den inneren Zusammenhang verwandter oder auch gegensätzlicher Situationen beleuchtet. Auch der Poesie ist diese Wirkung nicht fremd. Alles Kehrreimartige fällt in den Umkreis solcher seelischer Assoziationswirkungen. Noch einer der erschütterndsten, auf das tiefste bewegenden Augenblicke am Ende des zweiten Teils von Goethes „Faust" beruht auf dieser Formassoziation. Im Zwinger fleht Gretchen aus schwerem Erdenleid zur Jungfrau: „Ach neige, du Schmerzensreiche, dein Antlitz gnädig meiner Not!" Zuletzt, wenn Engel die Seele Fausts zum Himmel emportragen, ruft flehend und jubelnd zugleich „Una Poenitentium (sonst Gretchen genannt)" der Jungfrau zu:

Neige, neige,
Du Ohnegleiche,
Du Strahlenreiche,
Dein Antlitz gnädig meinem Glück!
Der früh Geliebte,
Nicht mehr Getrübte,
Er kommt zurück.

Ein wundervoller künstlerischer Einfall des alten Dichters! Mit einem einzigen Schlage stellt der Anklang der Form einen großen menschlichen und künstlerischen Zusammenhang her. Vom Anfang zum Schluß des Werks schlingt sich über die weiten Strecken, die dazwischen liegen, mit einem einzigen Ruck ein Band; und unmittelbar ehe das Werk schließt, umspannt unser Gefühl noch einmal das Ganze, den Erdenweg Fausts, die Stufen, die er immer strebend bemüht zu innerer Erlösung und

Befreiung hinaufgeschritten ist, hinangezogen vom Ewigweiblichen . . .

Selbstverständlich ließ auch vor Wagner die Oper sich ähnliche Wirkungen nicht entgehen. Wenn Mozarts steinerner Gast bei Don Juan eintritt, ertönt der Akkord, der beim Tode des Komturs erklungen war. Oder in Webers „Freischütz" nimmt das Orchester, wenn Max in die Wolfsschlucht hinabzusteigen zögert, den Spottchor der Bauern aus dem ersten Akte auf. In Meyerbeers „Hugenotten" deutet ein Leitmotiv stets auf Marcel hin; es enstammt dem Choral von Luthers „Ein' feste Burg ist unser Gott".

Ganz selbstverständlich erklingen im dritten Akt der „Götterdämmerung", wenn Siegfried unmittelbar vor seinem Tode Mären aus seinen jungen Tagen singt und die Erinnerung an Brünnhilde unversehens in ihm wieder wach wird, die Melodien, die uns am Ende des „Siegfried" umtönten. Ähnlich und doch verschieden wirkt der Augenblick der „Götterdämmerung" und die Stelle aus „Faust". Ähnlich: denn auch in der „Götterdämmerung" tut sich mit einem Male noch ein zusammenfassender Blick über das ganze Werk auf, mindestens über Siegfrieds ganzes Leben. Verschieden aber ist die Behandlung; denn Goethe vertraut nur auf die Wiederkehr der Form, Wagner aber läßt auch noch durch Siegfrieds Erzählung den stofflichen Zusammenhang herstellen.

Allein auch ganz wie Goethe hatte Wagner schon längst vor dem „Ring" zur Erinnerung an einst Geschehenes nur der Form, und zwar Formsprache der Musik sich bedient. Und so erinnert auch nur die Musik, wenn Brünnhilde von dunkeln

Ahnungen gequält wird und darum vor Siegfried zurückweicht, an Wotans „heilige Schmach", die er im zweiten Akt der „Walküre" ihr bekannt hat.

Brücken indes stellt die Musik im „Ring" nicht nur her, wo Erinnerung wachzurufen ist. Die Assoziation dient besonders dem Hauptzweck Wagners: durch die Musik zu sagen, was das Wort und was der Sprechende nicht sagen kann, also deutend und über die Bühnenvorgänge hinausweisend die Musik zu verwerten. Im ersten Aufzug von „Siegfried" stellt Wotan an Mime die Frage: „Wer wird aus den starken Stücken Nothung, das Schwert, wohl schweißen?" Mime ist ratlos, Wotan denkt nicht daran, selbst die Frage zu lösen. Aber die Musik gibt den rechten Bescheid: das Siegfriedmotiv ertönt. Oder wenn Siegfried den Ring sich an den Finger steckt, erklingt das Rheintöchtermotiv und rundet, was Wagner zu sagen hat, in einer Vollständigkeit ab, der Siegfried, der ahnungslose, nicht genügen könnte.

Der Musik ist da das Amt des antiken Chors anvertraut. Sie sagt, was die Menschen, die auf der Bühne ringen und kämpfen, eingeengt in ihre Grenzen nicht sagen können. Wie der antike Chor über den Dingen steht, die den Handelnden zum Schicksal werden, und darum dem Zuschauer aus freierer Höhe und mit unbeengtem Umblick diese Dinge deuten kann, so läßt die Musik uns erfahren, was die Handelnden auf der Bühne nicht sehen und nicht kennen. Ein kundiger Erklärer des Vorgangs ist in Wagners Tondichtung das Leitmotiv. Die Musik spricht aus, was die Wortsprache nicht verraten kann und darf.

Allein nur aus Gründen dramatischer Technik ist die Sprache gezwungen, der Musik diese Deutungen zu überlassen. Es widerspräche der Bühnenform, wenn die Deutung den Bühnengestalten überlassen würde. Ein Chor im Sinn der Antike, der die sprachliche Deutung auf sich nähme, ist nicht vorhanden. So meinten Wackenroder und Schopenhauer es nicht, wenn sie der Musik eine Kraft zumaßen, die der Wortkunst fehle. Weit eher noch entsprach der Anschauung beider die Vergegenwärtigung der Naturstimmungen und ihrer Wirkung auf den Menschen, wie dies oben betrachtet und dargelegt ist. Da leistet die Musik tatsächlich, was in Worten gar nicht oder mühselig und undeutlich zu sagen wäre; aber die Deutungen, die von dem wiederkehrenden Leitmotiv den Worten der Handelnden gegeben werden, die Beantwortung der Frage Wotans etwa durch das Siegfriedmotiv, all das könnte zur Not auch in Worten zum Ausdruck kommen. Nur bühnentechnische Erwägungen lassen das nicht zu.

Da aber wie dort ist die Musik weit entfernt, unbewußt die Sprache des Unbewußten zu reden. Nicht ist sie, mit Schopenhauer zu reden, die magnetische Somnambule, die im magnetischen Schlaf Aufschlüsse gibt über Dinge, von denen sie wachend nichts weiß. Die Wirkung auf das Gefühl, die nach Schopenhauer ebenso wie nach Wackenroder vom Gefühl des Musikers allein ausgehen soll, nimmt bei Wagner den Ausgang von einer verstandesmäßigen Berechnung. Da weiß die Somnambule auch im wachen Zustande, was sie im Schlafe verkündet hat, ja was sie im Schlafe verkündigen wird. Die Sprache der Musik geht aus dem Gebiet des bloß Nachfühlbaren ins Begriffmäßige über. Das Bewußte der musikalischen Technik, das sonst den Komponisten nur zwingt, im Verlauf seiner Wanderung den einen Weg zu meiden und den anderen einzuschlagen, wird hier zum Ausgangspunkt, es ist auf die ganze Entstehung und Gestaltung der Komposition ausgedehnt. Was sonst auch von den strengsten Gesetzgebern musikalischer Komposition dem glücklichen Augenblick und der Eingebung überlassen bleibt, wird von Wagner aus vollem Bewußtsein heraus geschaffen. Ein kühner Wager, geht er mit dem hellen Licht des Verstandes hinunter in die Tiefen unseres Gefühlslebens. Gleich Faust steigt er beherzt zu den Müttern hinab und holt herauf, bringt ans Tageslicht, was sonst unberührbar, fern von menschlichem Auge, hier ruht.

Mit diesen Wagnissen steht Wagner in seiner Zeit nicht allein da. Die Absicht, aus vollem Bewußtsein zu schaffen, was sonst traumartig dem Künstler sich darbietet, dem Verstande Schöpfungen und Wirkungen zuzumuten, die der Gefühlswelt allein anzugehören scheinen, war schon vor Wagner in der Kunst vorhanden und prägt sich in seiner Zeit auch bei anderen immer deutlicher aus.

Schon begegnete uns Wagners Wort von der Gefühlswerdung des Verstandes. Es trifft aufs genaueste den Vorgang, der sich in Wagners Schaffen wie in den Absichten seiner Zeitgenossen spiegelt. Denn das Entscheidende ist nicht, daß bei Wagner der Verstand in Tätigkeit kommt, wo das Gefühl allein wirken sollte, sondern der Verstand legt es nicht auf Verstandeswirkung an, er will vielmehr zum Gefühl sprechen. Das Gefühl bleibt nicht ausgeschlossen, im Gegenteil wird alles daran gesetzt, starke Wirkungen auf das Gefühl auszuüben, Wirkungen, die scheinbar nur dem Gefühl selbst möglich sind. Um das zu erreichen, hüllt der Verstand sich in das Gewand des Gefühls, er möchte Gefühl scheinen oder sogar werden.

Dieser seltsame Wunsch hat eine lange Vorgeschichte. Wer sie erzählt, gibt dem Wunsch selbst die beste Erläuterung und Begründung. Sie hängt zusammen mit Verschiebungen im Verhältnis bewußter und unbewußter Kunsttätigkeit, die sich vom 18. zum 19. Jahrhundert vollziehen.

Das Verhältnis des Bewußten und Unbewußten im künstlerischen Schaffen ist äußerst schwer zu bestimmen. Die Selbstbetrachtung der Künstler gibt fast ausschließlich die nötigen Voraussetzungen zur Berechnung des Verhältnisses; und diese Selbstbetrachtung greift leicht fehl, weil sie von vornherein gezwungen ist, Unbewußtes ins Licht des Bewußtseins zu stellen, weil also Gegenstand der Untersuchung und Mittel der Untersuchung ineinander übergehen und sich darum wechselseitig beeinträchtigen.

Verzichten wir indes auf die Berechnung des Verhältnisses selbst, so kann immer noch Begründetes über Verschiebungen dieses Verhältnisses gesagt werden. Auch wenn wir nicht wissen und angeben können, wieweit in den Dichtern der ersten Hälfte des 18. Jahrhunderts das bewußte, wieweit das unbewußte Schaffen reichte, so dürfen wir doch behaupten, daß in dieser Zeit der Aufklärung dem hellen Bewußtsein ein unverhältnismäßig großer Raum, weit mehr als in früheren Jahrhunderten, eingeräumt worden ist. In Lessing ersteigt die Entwicklung ihren Gipfel. Er selbst bezeugt — am unzweideutigsten im Schlußstück der „Hamburgischen Dramaturgie" — die Helligkeit des Bewußtseins, mit der er gestaltete. Kaum dürfte ein anderer großer Dichter zu gleich zielbewußt klarem Formen, zu einem ähnlichen, fast mechanischen Gestalten vorgeschritten sein. Er wußte, was er wollte, und mit eherner Faust zwang er seine Dichtungen, die Wege zu gehen, die er ihnen wies.

Weil in Lessing eine langvorbereitete Entwicklung ihre höchste Stufe erreicht, ist es nur selbstverständlich, daß noch zu Lessings Zeiten ein Rückschlag eintrat. Zurück zur Natur, mittelbar also zurück zu minder erklügelter Kunst riefen Rousseau und seine Gemeinde. Von ganz anderen Voraussetzungen aus drängte es Klopstock zu unmittelbarer Aussprache des Gefühls. Ohne vom Denken und Erwägen eingeengt zu werden, sollte das Gefühl sich stark und leidenschaftlich aussprechen. Die künstlerische Form, in der es auftrat, sollte ihm selbst überlassen bleiben, nicht verstandesmäßiger Erwägung unterworfen sein. Begeistert stimmte der Sturm und Drang unter Hamanns und Herders Führung der neuen Kunst Klopstocks zu und pochte mit ihm auf das Recht einer Poesie, die ungebrochen aus dem übervollen Herzen strömt. Auch dem jungen Goethe schien es, daß nichts dem Genius gefährlicher sei als Prinzipien. Sicher traf er noch den Ton echter Kunst, wenn er titanisch hinstürmende Oden wie „Wanderers Sturmlied" sang. Mit Willen schaltete er alles Bewußtsein aus, um den Strom, der aus seinem Inneren übermächtig herausflutete, uneingeengt durch dämmende Reflexion sich ergießen zu lassen. In kleinen lyrischen Gedichten des jungen Goethe sprach Natur sich selbst aus, ohne der Reinheit künstlerischer Form in den Weg zu treten. Gerade diese kleinen Gedichte Goethes wurden die stärkste Stütze eines dichterischen Glaubensbekenntnisses, das dem denkenden Künstler das Todesurteil sprach.

Mochte die frischerwachte Forderung einer freihinströmenden Aussprache des Gefühls bei anderen zu Übertreibung, Einseitigkeit und Unkunst führen, sie eröffnete doch ungeahnte Möglichkeiten des Verständnisses alter Dichtung. Wie fern Lessing dem unbefangenen Genusse homerischer Dichtung noch stand, um wieviel Herder ihn auf diesem Feld überholte, bezeugt eine denkwürdige Stelle des ersten „Kritischen Wäldchens", ein Zeugnis von unermeßlichem Wert für jeden, der im 18. Jahrhundert das allmähliche Vordringen und die zunehmende Schätzung unbewußterer Dichtung verfolgt. Lessing hatte im „Laokoon" den Nebel, in den die Götter sich und ihre Schützlinge hüllen, um sich und sie den Blicken der Sterblichen zu verhüllen, schlechtweg als eine poetische Redensart, als einen künstlichen Eindruck für „unsichtbar werden" hingestellt. Herder wies das ab. Von einer solchen Phrasensprache des Dichters wollte er bei Homer nichts wissen. Auch uns dünkt es unmöglich, daß ein Dichter auf homerischer Kulturstufe sich Wortblumen und poetischen Zierat zurechtgemacht haben soll, um nüchterne Gedanken in dichterische Sprache umzusetzen. Homer, bemerkte Herder und wir stimmen ihm unbedenklich zu, wird durch Lessings Annahme zu einem nüchternen Dichter der Aufklärungszeit, der prosaisch denkt und poetisch spricht. So wenig der homerische Mythos verstandesmäßig mit einem „das ist" erklärt werden dürfe, ebensowenig könne der Nebel durch ein solches „das ist" prosaisiert und damit auch alles andere Wunderbare der homerischen Welt zu poetischen Phrasen herabgedrückt werden.

Eine unüberbrückbare Kluft tut sich da auf zwischen Lessing und Herder, aber auch zwischen Lessing und uns. Lessings Verständnis für alte Volkspoesie, nein! auch für Poesie überhaupt hatte Grenzen, die wir heute kaum noch begreifen. Daß wir diese Dinge unbefangener und richtiger sehen, danken wir Herder und seinen Mitkämpfern. Wir muten heute keinem echten Dichter zu, daß er künstlichen Wortschmuck aus dem Gradus ad Parnassum hole. Mit innerer Notwendigkeit ergibt sich ihm seine Vorstellungswelt und seine Ausdrucksform aus seinem Verhältnis zur Welt, aus seiner Anschauung vom Leben.

Doch wenn der echte Dichter in neuerer Zeit, nicht bloß im homerischen Altertum, auch weit unbewußter sich und sein Weltbild darstellt, als Lessing annahm, so brach die verzichtende Erkenntnis sich noch im 18. Jahrhundert Bahn, daß der Dichter der Gegenwart viel zu sehr vergeistigt sei, um ganz aus dem Unbewußten heraus schaffen zu können. Selbst Goethe entsprach nicht allenthalben dem Bild eines ganz unreflektierten Dichters, das der Sturm und Drang im Herzen trug. Und gar die anderen! Entweder verfielen sie aus Mangel an Selbstbeobachtung und bewußter Gestaltung ins Rohe oder ihrem Wesen widersprach von vornherein, berechnendes Denken, Betätigung also ihrer geistigen Kraft beim Schaffen ganz auszuschließen. Schiller war am wenigsten geneigt, nur der Stimme zu lauschen, mit der Natur aus seinem Herzen sprach; darum war er vor anderen berufen, die Unmöglichkeit völlig unbewußter Poesie in einem Zeitalter hoher geistiger Kultur zu erweisen. Goethes ungewöhnliche, der Zeit widersprechende Gabe, sich und die Welt in Worte umzusetzen, ohne ins Klügeln zu verfallen, hielt Schiller von einseitiger Übertreibung ab, hinderte ihn zu gutem Glück, die Kunst seiner Zeit ganz ins Bewußte hineinzutreiben. Die Abhandlung über naive und sentimentalische Dichtung fand denn auch den richtigen Ausweg aus den verwirrenden Möglichkeiten, die sich dem Dichter am Ende des 18. Jahrhunderts auftaten. Wohl erkannte Schiller, daß die Unschuld des goldenen Zeitalters für den Gegenwartsmenschen vorbei sei. Aber konnte nicht mutig auf ein goldenes Zeitalter der Zukunft hingesteuert werden? Ungebrochene Natur war dem Kulturmenschen nicht weiter zugänglich. Die Hoffnung der Rousseauisten, den Sohn des 18. Jahrhunderts zur Natur zurückzuführen, war eitel oder bedingte eine geistige Rückentwicklung. Allein war man auch zu bewußt geworden, um sich wieder völlig ins Unbewußte zurückzufinden, so blieb doch noch die Möglichkeit, aus vollem Bewußtsein zu der inneren Notwendigkeit der Natur und des unbewußten Gestaltens zu gelangen. Schon in Schillers Wünschen taucht der Gedanke auf, daß der Verstand wieder Gefühl werden könne. Auf allen Gebieten menschlicher Geistestätigkeit führte Schiller seine Forderung durch. Wie er dem sittlichen Leben des Menschen gleiche Ziele wies, sagt sein Epigramm „Das Höchste“:

Suchst du das Höchste, das Größte? Die Pflanze kann es dich lehren.
Was sie willenlos ist, sei du es wollend — das ist's!

Mit Schiller schlug die Romantik den Weg ins goldene Zeitalter der Zukunft ein. Die Aufgabe, mit Bewußtsein zu gestalten wie die Natur, den Verstand zum Gefühl werden zu lassen, mit Absicht so zu dichten, daß das erbrachte Werk wie Ur- und Naturpoesie wirke, das ist das Ziel aller Romantik.

Da ist Novalis, ein neugieriger, fast vorwitziger Späher in die Tiefen des Geheimnisvollsten! Dieser bewußte Gestalter, der peinlich genau dem Schöpfer von „Wilhelm Meisters Lehrjahren" seine Kunstgriffe abguckt, dieser Religionsphilosoph voll Tiefsinn und voll erschreckender Kühnheit der Gedankengänge dichtet geistliche Lieder von ungebrochener schlichter Natürlichkeit; kindlich fromm spricht aus ihnen hingebungsvolle Liebe zu Christus. Friedrich Schlegel beobachtete sofort ganz richtig, die Poesie dieser geistlichen Sänge habe mit nichts Ähnlichkeit, als mit den innigsten und tiefsten von Goethes früheren kleinen Gedichten. Ebenso glückte Novalis sein Märchen von Hyazinth und Rosenblütchen. Ihm nach strebten jüngere romantische Dichter, Märchen zu dichten, die wie echte Volksmärchen klangen; fast alle Romantiker rangen nach dem Ruhm, ihre Kunst in den Weisen des Volkslieds ertönen zu lassen. Und mit vollem Bewußtsein, mit rastloser Mühe, in stetem Umgestalten erreichte Heine seine Absicht, den Anschein ungekünstelten Sanges und volksliedartiger Unbefangenheit zu wecken. Sein scharfer Kunstverstand hüllte sich, bis zur Verkennung ähnlich, in den Mantel des ungebrochenen Gefühls.

Novalis erwog selbstverständlich auch als Denker das Problem der bewußt geformten Dichtung, die alle Züge unbewußt keimender Kunst an sich trägt. Dunkle Aphorismen, vieldeutige

Fragmente weisen in seinen Nachlaßpapieren auf seine Auffassung des Problems hin. Da heißt es etwa: „Natur soll Kunst und Kunst zweite Natur werden." Oder: „Kunstwerk entsteht aus künstlicher Natur."

Es ist, als ob Goethe diesem Geschlecht die innersten Herzenswünsche in symbolischem Bilde vorführte, wenn er die Entstehung des Homunkulus in seine Faustdichtung aufnahm. Diese Menschen wagten wirklich verständig zu probieren, was man an der Natur Geheimnisvolles pries. „Und was sie sonst organisieren ließ, Das lassen wir kristallisieren."

Ganz mit den Absichten von Novalis trifft aber Wagner überein. Ausdrücklich sagt er: „Der Dichter ist der Wissende des Unbewußten, der absichtliche Darsteller des Unwillkürlichen; das Gefühl, das er dem Mitgefühle kundgeben will, lehrt ihn den Ausdruck, dessen er sich bedienen muß: sein Verstand aber zeigt ihm die Notwendigkeit dieses Ausdruckes." In diesem Zusammenhang schreibt Wagner dem Dichter zu, daß er aus dem Bewußtsein zu dem Unbewußtsein spricht. Deutlicher noch wird, was er meinte, wenn die ausführlichste, klarste und besonnenste, zugleich aber die tiefstgreifende Darlegung des dichterischen Vorgangs herangeholt wird, die von einem Dichter des 19. Jahrhunderts uns geschenkt worden ist. Sie beweist zugleich, daß nicht nur die Generation der Romantik, auch die unmittelbaren Zeitgenossen Wagners im Kunstwerk künstliche Natur schaffen wollten, Verstand zum Gefühl werden ließen. Sie stammt von einem Dichter, in dem das Unbewußte weit ungebrochener lebte und webte, als in Wagner. Und doch war auch für ihn der Vorgang dichterischen Gestaltens letzten Endes ein bewußtes Schaffen, das den Eindruck unbewußter Poesie wecken sollte.

Otto Ludwigs bekannte und oftangeführte Äußerung über sein Verfahren beim künstlerischen Schaffen wird seltsamerweise meist nicht in ihrem vollen Umfang berücksichtigt. Man begnügt sich mit dem Eingang des hochwichtigen Bekenntnisses und übersieht daher Bedeutsames, ja gerade das, was für unsere Erwägungen von entscheidendem Wert ist. Gewiß schildert der Eingang dieses Versuchs einer Selbstbeschreibung die Vorgänge, in denen völlig aus dem Unbewußten heraus das künftige Kunstwerk dem Dichter aufgeht. Auch dem ursprünglichsten Dichter konnte Reflexion und bewußtes Formen nicht weniger bedeuten, als diesem Sohn des 19. Jahrhunderts, aber nur solange Ludwig sich im Anfangszustand des Dichtens befand. Auf den Anfangszustand folgten zwei weitere Entwicklungsstufen, in denen Ludwig völlig auf Gefühlswerden des Verstandes und auf künstliches Gestalten der Natur ausgeht.

Was Ludwig über den Anfangszustand sagt, ist bekannt genug, um hier nur rasch zusammengefaßt zu werden: Das erste ist eine musikalische Stimmung, sie wird zur Farbe, dann zeigen sich ihm Gestalten wie ein Kupferstich auf Papier von jener Farbe oder wie eine plastische Gruppe, auf welche die Sonne durch einen Vorhang fällt, der jene Farbe hat. Nicht das Bild der Katastrophe sieht er gewöhnlich, sondern manchmal nur eine charakteristische Figur in einer pathetischen Stellung; an sie schließt sich sogleich eine ganze Reihe; immer neue plastisch-mimische Gestalten und Gruppen schließen sich bald nach vorwärts, bald nach dem Ende zu an, bis das ganze Stück in allen seinen

Szenen an ihm vorbeigegangen ist. „Den Inhalt aller einzelnen Szenen kann ich mir dann auch in der Reihenfolge willkürlich reproduzieren; aber den novellistischen Inhalt in eine kurze Erzählung zu bringen ist mir unmöglich." Ganz Anschauung ist also auf dieser Stufe das Werk für Ludwig; es widerstrebt jeder verstandesmäßigen Verdeutlichung und Vereinfachung. Nun erst findet sich zu den Gebärden auch die Sprache.

In diesem ersten Zustand der Entstehung des Kunstwerks, der in großer Hast sich abspielt, verhält Ludwigs Bewußtsein sich ganz leidend und eine Art körperlicher Beängstigung hat ihn in Händen. Von solcher Seelenverfassung indes geht es im zweiten Zustand zur entgegengesetzten weiter. Jetzt beginnt er, um die Lücken des Dialogs auszufüllen, das Vorhandene mit kritischem Auge anzusehen. „Ich suche die Idee, die der Generalnenner aller dieser Einzelheiten ist." Was unbewußt die schaffende Kraft und der Zusammenhang der Erscheinungen war, soll zu gedanklicher Verdeutlichung gelangen. Dann sucht Ludwig die Gelenke der Handlung, um sich die logische Abfolge zu verdeutlichen, ferner die psychologischen Gesetze der einzelnen Züge, den vollständigen Inhalt der Situationen. Das Verwirrte wird geordnet. Endlich wird ein Plan gemacht, in dem nichts mehr dem bloßen Instinkt angehört, alles Absicht und Berechnung ist, im ganzen und bis ins einzelne Wort hinein.

Von einem Pol ausgehend ist Ludwig am entgegengesetzten angelangt. Vom Zustand leidenden Unbewußtseins hat er den Weg zu voller Bewußtheit zurückgelegt. Allein hier bleibt er nicht stehen. In einer weiteren Wendung, in einem dritten Entstehungszustand, sucht der Verstand wieder Gefühl zu werden.

Ludwigs Bericht lautet: „Nun mach' ich mich an die Ausführung. Das Stück muß aussehen, als wäre es bloß aus dem Instinkt hervorgegangen. Die psychologischen Züge, alles Abstrakte wird in Konkretes verwandelt. Die Person darf nicht mehr abstrakte Bemerkungen über ihre Entwicklungsmomente machen, aus welchen bei Hebbel oft der ganze Dialog besteht."

Der dritte und letzte Zustand und mit ihm der Übergang vom zweiten zum dritten ist das Entscheidende und bedingt die innere Verwandtschaft mit Wagner. Genau das gleiche setzt Wagner an der Stelle der Schrift „Oper und Drama" auseinander, die von der Gefühlswerdung des Verstandes spricht. Und auch er schöpft aus eigener Künstlererfahrung, nur daß seine dunklere, mehr nur andeutende Sprache den Ablauf lange nicht so klar aufzeigt, wie Ludwigs Bericht: Im Drama erklärt er, wird durch Verwendung aller künstlerischen Ausdrucksfähigkeiten des Menschen die Absicht des Dichters am vollständigsten aus dem Verstande an das Gefühl mitgeteilt, nämlich künstlerisch an die unmittelbarsten Empfängnisorgane des Gefühls, die Sinne. Es reihen sich die schon oben angeführten Worte an, daß im Drama die Absicht durch ihre vollständigste Verwirklichung zur vollsten Unmerklichkeit aufgehoben sei. Wie dies und alles Folgende zu Ludwigs Glaubensbekenntnis stimmt, erkennen wir nun. Und ebenso kleidet Wagner Ludwigs Forderungen nur in ein anderes Gewand, wenn er fortfährt: „Vor dem dargestellten dramatischen Kunstwerke darf nichts mehr dem kombinierenden Verstande aufzusuchen übrig bleiben: jede Erscheinung muß in ihm zu dem Abschlusse kommen, der unser Gefühl über sie beruhigt . . . Im Drama müssen wir Wissende werden durch das Gefühl ... Erscheinungen, die uns nur durch den unendlich vermittelnden Verstand erklärt werden können, bleiben dem Gefühl unbegreiflich und störend. Eine Handlung kann daher nur dann im Drama erklärt werden, wenn sie dem Gefühle vollkommen gerechtfertigt wird, und die Aufgabe des dramatischen Dichters ist es somit, nicht Handlungen zu erfinden, sondern eine Handlung aus der Notwendigkeit des Gefühles derart zu verständlichen, daß wir der Hilfe des Verstandes zu ihrer Rechtfertigung gänzlich entbehren dürfen."

Klarer werden alle diese Auseinandersetzungen Wagners, aber auch noch Ludwigs Selbstbekenntnisse, wenn polemischer Spitzen gedacht wird, die von Ludwig seinem Berichte eingefügt worden sind und die sich gegen Hebbel richten. Eine dieser Spitzen ist schon zur Geltung gekommen. Ludwig macht Hebbel schlechtweg zum Vorwurf, daß er bei der Gestaltung seiner Dramen über den zweiten Zustand nicht hinausgelange. Hebbel bleibe im Verstandesmäßigen stecken; nach Ludwigs Ansicht wird mithin bei Hebbel der Verstand nicht zum Gefühl. Von seinen eigenen Schöpfungen gesteht Ludwig, sie sähen auf der zweiten Stufe, nachdem der Instinkt der Absicht und Berechnung Platz gemacht, ungefähr aus wie Stücke Hebbels: „Alles ist abstrakt ausgesprochen, jede Veränderung der Situation, jedes Stück Charakterentwicklung gleichsam ein psychologisches Präparat, das Gespräch ist nicht mehr wirkliches Gespräch, sondern eine Reihe von psychologischen und charakteristischen Zügen, pragmatischen und höhern Motiven." Ließe er das Stück auf dieser Stufe stehen, so sähe es für den Verstand besser aus als nachher, meint Ludwig. „Aber," fügt er hinzu, „ich kann mir nicht helfen, dergleichen ist mir kein poetisches Kunstwerk, auch die Hebbelischen Stücke kommen mir immer nur vor wie der rohe Stoff zu einem Kunstwerk, nicht wie ein solches selbst. Es ist noch kein Mensch geworden, es ist ein Gerippe, etwas Fleisch darum, dem man aber die Zusammensetzung und die Natur der halbverdauten Stoffe noch anmerkt; das Psychologische drängt sich noch als Psychologisches auf, überall sieht man die Absicht."

Ludwig führt nur weiter und vertieft gedanklich die Einwände, die er schon bei Gelegenheit von Hebbels „Julia" gegen deren künstlerische Mängel erhoben hatte. Wenig möchte es nützen, zu Hebbels Verteidigung die Zeugnisse anzuführen, die für die Macht des Unbewußten in Hebbel sprechen. Ohne Zweifel bestätigt Hebbels Brief an die Prinzessin Wittgenstein vom 2. Dezember 1858, daß die dichterische Empfängnis Hebbels von der Ludwigs sich nicht wesentlich unterschied. Auch Hebbel sah mehr oder weniger hell beleuchtete Gestalten; er hielt sie fest wie ein Maler; Kopf an Kopf trat hervor. Und so durfte er von sich sagen, daß ein Drama ihm buchstäblich nichts anderes sei, als einem Jäger die Jagd. So wenig wie auf einen Traum bereite er sich darauf vor. Von den Farbenerscheinungen, die er beim Dichten hatte, von den Melodien, die er dabei hörte, berichten untrügliche Gewährsmänner. Hebbel selbst stellt Dichten und Nachtwandeln gern zusammen. Indes all das entkräftet Ludwigs Einwände nicht. Denn sie treffen keineswegs den Zustand dichterischer Konzeption, sie behaupten nur, daß Hebbel zuletzt ins Verstandesmäßige übergehe und den Weg zurück zur Gefühlswerdung des Verstandes nicht wieder finde.

Der Gegenbeweis kann an dieser Stelle nicht versucht werden. Ein Körnchen Wahrheit ist in Ludwigs Vorwürfen enthalten. Gleichwohl bezeugen jetzt immer wieder von der Bühne herab die Dramen Hebbels, daß ihr Schöpfer auch bei ihrer Ausgestaltung nicht mit verstandesmäßiger Abstraktion sich begnügt, sondern die Anschaulichkeit minder bewußter Dichtung erreicht hat. Leicht mochte es ihm nicht geworden sein; die Überhelligkeit des Bewußtseins störte ihn sicher bei der Ausgestaltung seiner Werke: das verrät der Prolog zum „Diamanten". Weit wichtiger als diese Erwägungen, die nur sehr schwer zu einem reinlichen Abschluß geführt werden könnten, ist die Tatsache, daß Hebbel auf ganz andere Weise versucht hat, mit Kunst Natur zu erzeugen, mit Absicht das Unbewußte zu formen, sich — mit Wagner zu reden — als der Wissende des Unbewußten zu bewähren, als der absichtliche Darsteller des Unwillkürlichen.

Abermals führe ich die Eingangsszene des vierten Aufzugs von „Kriemhilds Rache" ins Feld: Volkers Sang vom Nibelungenhort. Das wunderbare eigene Erlebnis, das dem Dichter selbst zuteil wurde, so oft er ein neues Kunstwerk konzipierte, wollte er mit kecker Hand auf die Bühne tragen und dem grellen Licht der Lampen aussetzen. Von dem tiefsten Geheimnis künstlerischen Schaffens zog er den verhüllenden Schleier hinweg. In sichtbare Darstellung verwandelte er den dunklen Seelenvorgang, in dem der Dichter, willenlos und nur leidend, zum Sprachrohr eines Mächtigeren wird, das aus ihm spricht. Volker muß singen, wie eine unbekannte Macht ihn treibt und zwingt. Das Gesicht, das dem Sänger Volker sich weist, will Wort werden. Wie im Traum trägt er es vor; und wenn er endlich von ihm befreit zu sein glaubt, drängt sich's ihm wieder auf. Wilder und wilder wird sein Sang, bis die Vision verschwunden ist und Volker wie aus einer anderen Welt in diese wieder zurückkehrt.

Auch da wird ein Homunkulus geboren. Das Geheimnisvollste, was an der Natur zu preisen ist, das künstlerische Urerlebnis, wie es aus dem Unbewußten machtvoll und alles andere niederwerfend aufsteigt, wird mit Kunstverstand auf seine Bühnenwirkung hin probiert. Das war kühner, als alle romantischen Versuche, der Natur ihre Sprache abzulauschen, zu singen, wie ursprünglicher Volkssang tönt, und gleich dem Volksmärchen zu raunen. In dieser Szene wird Hebbel völlig zum Mitkämpfer Wagners. Mit vollem künstlerischen Bewußtsein formt er das unbewußt Ursprüngliche. Ganz ebenso läßt Wagner die Natur sich aussprechen, ebenso die Götter, Riesen und Zwerge und die Urgestalten Brünnhildens und Siegfrieds. Ihm kommt Musik zur Hilfe und lehrt ihn, Urweltswort und Urweltsschrei formen.

Von hier aus geht es weiter in neuere Kunst, ähnlich und doch wieder grundverschieden. Auch neueste Dichtung möchte helles Licht in die Tiefen der menschlichen Seele tragen und die letzten Geheimnisse des Unbewußten zur Aussprache bringen. Sie weiß wie Wagner, daß dem Klange eine Kraft innewohnt, die über die Wirkungen des Wortinhalts hinausreicht. Was Wagner durch wohlberechnete Töne der Musik erzielen will, möchte sie durch ebenso wohlberechnete Klangmittel der Sprache erreichen. Ergänzt bei Wagner das Leitmotiv, was vom Wort nicht mitgeteilt werden kann, so hat bei Maeterlinck der bloße

Klang der Worte und Sätze, das Melodische ihrer Formung einen bedeutsamen Anteil an der erwirkten Stimmung, mehr fast als der Inhalt der Worte. Stefan George rechnet aus, welche Vokale beseligend, welche bedrückend sind, durch welche wir wie in helles und klares Licht, durch welche wir wie in tiefes Dunkel versetzt werden. Das Melodische der Sprache ist ihm so wichtig, daß er als Übersetzer mit peinlicher Genauigkeit die Abfolge der Vokale wahrt, die seine Vorlage ihm weist. Allenthalben wird zu möglichster Klarheit gebracht und bewußt gestaltet, was sonst dem Gefühl und dem Einfall überlassen blieb. Auch hier will Verstand zum Gefühl werden, auch hier soll das verstandesmäßig Berechnete auf das Gefühl wirken.

Ein starker Unterschied zwischen Wagner und dieser neueren Poesie ruht schon in der Tatsache, daß heute nicht Musik als Stütze der unzulänglichen Wortdichtung angerufen wird, sondern daß die Sprache allein, und zwar dank ihren melodischen Mitteln, den gewünschten Aufwand bestreitet. Zeigt sich schon in diesem Unterschied eine bedeutsame Verfeinerung der Technik, so denken überdies die Neueren nicht daran, gleich der Romantik, gleich Hebbel und gleich dem Dichter des „Rings" Urwelttöne oder uralte Volksweisen erklingen zu lassen. Viel zu kultiviert, viel zu verfeinert, geistig viel zu differenziert sind sie, als daß sie noch mit den Mitteln ihrer Kunst Werke von Naturcharakter erzeugen wollten. Besser gesagt: ihre Natur hat nichts gemein mit dem Naturbegriff, der von der Romantik bis zu Wagner bestanden hat. Mochte die Romantik von einst auch das goldene Zeitalter der Zukunft und in ihm eine durchgeistigte Natur anstreben, in ihren Dichtungen verknüpft sich der Wunsch, ein Werk zu schaffen, das wie Werke der Natur wirkt, fast immer mit der Vorstellung eines goldenen Zeitalters der Vergangenheit. Dem Romantiker von heute scheint es nicht länger wertvoll, mit Volksliedern und Volksmärchen zu wetteifern, er flüchtet nicht weiter in die Vergangenheit, sondern möchte mit verwandten, aber verfeinten technischen Mitteln die seelischen Geheimnisse der Gegenwart aussprechen. Darum lockt es ihn auch nicht, den leidenschaftlichen Urschrei Brünnhildens zu vernehmen. Und darum wendet er sich von Wagner ab.

Zu ihrem Ausgangspunkt kehrt meine Betrachtung zurück; und so sei ihr Ergebnis zusammengefaßt. Weil jetzt deutlicher zu spüren ist, was Wagner unserer Zeit schuldig bleibt, läßt sich auch genauer bestimmen, was er tatsächlich geleistet hat.

III

Ich habe zergliedernd einzelne Züge von Wagners Kunst und Wagners Denken erwogen. Aus der Nähe solcher Betrachtung des einzelnen trete ich jetzt zurück und beschaue das Ganze. Der prüfende Verstand schweige und das Gefühl allein beantworte die Frage: wie wirkt in ihrer Gesamtheit die Kunst Wagners, zu welchem Gesamteindruck verbinden sich die Eigenheiten seines Charakters und seiner Schöpfungen, diese Gegensätze von heiß sinnlicher Lebensfreude und weltflüchtiger Sehnsucht nach Reinheit, diese bewußte Kunst des Unbewußten, dann die Technik der Motivverbindung und Motivverschlingung und der Bindung von Wort und Ton, ferner all das, was er mit seiner Zeit, mit der französischen Romantik, mit dem jungen Deutschland, mit Feuerbach, mit Schopenhauer, mit Hebbel und Ludwig gemein hat, und was ihn wiederum von seiner Zeit trennt, endlich sein eigenes hochgespanntes Naturell?

Hätte ich Wagners Wesen in wenigen Worten zu umschreiben, ich fände keine treffenderen als diese: Seine Phantasie schwebt nicht wie eine suchende sammelnde Biene über den Blumen der Wirklichkeit. Sein Auge schaut nicht groß und klar und ruhig und unbefangen in die Welt, wie das Auge Homers. Es blitzt darin ein unheimliches Feuer, eine wilde Leidenschaft, welche wie flackernde Lohe an die Dinge fliegt, die es beobachtet, um ihre Form und Farbe zu versengen und auch in ihnen den glühenden Funken der Seele zu suchen, welche in rastlosem Begehren ringt und sich müht, und im heißesten

Kampf am meisten genießt und den Gipfel des Lebensgefühls erklimmt, wo sie der Vernichtung am nächsten ist. In jeder Zeile Wagners ist eine gleichmäßige Siedehitze der Empfindung. Sein Wesen ist Leidenschaft.

Mit wenigen Änderungen schreibe ich da ab, was der junge Wilhelm Scherer in einem Straßburger Vortrag vom Jahre 1873 über das Wesen der altgermanischen Poesie gesagt hat. Dahingestellt bleibe, ob diese Charakteristik des Germanen ganz zutrifft. Aber gewiß ist sie nicht rasch und leichten Sinns erbracht worden. Eindringliche Ergründung des Stils germanischer Poesie liegt ihr zugrunde. Und daß Scherer im wesentlichen auch später gleiche Anschauungen vertreten hat, bezeugt die zweite Auflage seines Werks „Zur Geschichte der deutschen Sprache".

Am wenigsten freilich dachte Scherer daran, mit diesen Worten irgend etwas zur Charakteristik Wagners beizutragen. Ihm war Wagner fremd und unsympathisch. Er konnte über Wagner nur spotten. Wenn er den Stil der altgermanischen Dichtung in der Gegenwart antreffen wollte, wandte er sich an Freytags „Ingo"! Gleichwohl möchte ich behaupten, daß Scherer aus der altgermanischen Poesie das Lebensgefühl und das innere Formgesetz Wagners herausgelesen hat.

Scherer fühlte stark den Gegensatz, der zwischen altgermanischem Dichten und der apollinischen Klarheit und Abrundung des winckelmannisch gedachten Griechentums besteht. Ihm enthüllte sich altgermanische Poesie als eine Sehnsuchtskunst, die Unerreichbares anstrebt, ihm leidenschaftlich nachtrachtet, es stets von neuem zu fassen sucht und nie zu Befriedigung gelangt. Etwas Potenziertes blickte ihm aus dieser Dichtung entgegen. Er sagte: „In der Darstellung der Hauptsachen, die sie zur Behandlung auswählt, entwickelt sie eine Unermüdlichkeit, die offenbar davon herrührt, daß sie sich nicht genug tun kann. Der Dichter stellt einen bezeichnenden Ausdruck hin, im nächsten Augenblick scheint ihm dieser aber nicht bezeichnend genug, er sucht nach einem noch bezeichnenderen, aber auch wenn der gefunden, ist der Inhalt, den er in der Seele trägt, immer noch größer als was die Sprache vermag: das Bild, das er sich von dem Gegenstande macht, ist unausschöpflich, — und er geht zu einem anderen Gegenstande über, ohne daß er sich bei dem ersten genug getan hätte. Man hat den Eindruck, als ob der Dichter sich abmüht, einem ungeheueren Stoffe, wovon er ganz durchdrungen ist, annähernd zur Gestalt zu verhelfen."

Das gleiche Potenzierte, genau dieses ewige Langen und Bangen und Sichwiederholen und Sichüberholen und dabei doch den Grundton einer ewig sehnsüchtigen Unbefriedigung hat Wagners Dichtung, seine Musik, ja seine Schriftstellerei in ungebundener Rede. Vielleicht erweckten schon die wenigen Belege, die oben aus Wagners Prosa angeführt sind, den umschriebenen Eindruck. Albert Fries' sorgsame Buchungen von Wagners Stil in Vers und Prosa bezeugen die Richtigkeit des Eindrucks. Einzig schon die überschwenglichen Superlative von Wagners Prosa, in denen Fries „den Atem unergründlicher allgewaltiger Herzenssehnsucht" (der Ausdruck stammt von Wagner!) mit Recht verspürt, erhärten das Potenzierte seines Wesens. Der gleiche Atem weht durch Wagners Musik.

Wie der altgermanische Sang der Epik Homers, so steht Wagners Musik den abgerundeten und in sich geschlossenen

Tongebilden italienischer Opern gegenüber. Wagners Melodie strebt von Motiv zu Motiv weiter, leidenschaftlich bemüht, Unsagbares verständlicher zu machen. Auf weite Strecken hin gibt es keine Ruhepunkte, stets neue Anläufe werden versucht, und es ist, als ob der Komponist sich nie genug tun könnte.

Der Grundsatz, nach dem Wagner die Melodie gestaltet, bewirkt von vornherein den Eindruck sehnsüchtiger Spannung. Nicht auf ebenmäßige Ausgestaltung legt er sie an, sondern indem er von Motiv zu Motiv weiterschreitet, verändert er das Motiv nach den Forderungen der dramatischen Situation. Je schmerzvoller die Lage ist, desto greller erklingt die Musik. Das Wehgefühl spricht sich in Tönen aus, die als gewollte Mißtöne empfunden werden. Lange hat man um dieser Dissonanzen willen Wagner vom Standpunkt der Musiktheorie befehdet. Langsam rang sich die Erkenntnis durch, daß nur durch diese Verstöße gegen ältere Harmonielehre Wagner die Ziele erreichen konnte, die er der Musik stellte, wenn anders sie mitteilen sollte, was das Wort allein nicht zu sagen vermag. Der schrille Schrei, der aus Wagners Tonfolgen stets von neuem unversehens aufsteigt, gibt seiner Musik den Charakter, dessen sie nicht entraten konnte, ohne zugleich auf den vollen Ausdruck des Gefühls zu verzichten, das in Wagners Seele herrschte und aus ihr heraustreten wollte. Sehnsüchtige Klagerufe sind diese Dissonanzen; und nicht minder sehnsüchtige, nach Erlösung langende Melodien erklingen, wenn Wagner chromatisch in halben Tönen die Melodie höher und höher steigen läßt. Tief aufgewühlt wird die Seele des Lauschers, bis zum Reißen spannen sich die Nerven, ein verzückter Taumel packt uns.

Das ist die eigentliche dionysische Wirkung Wagners. Und diese Art, dionysischen Taumel zu erwirken, ist Wagners eigenster Beruf. Gewiß gibt es auch eine apollinischere Art von Musik. Die Anhänger einer Musik, die minder auf Haschischwirkungen ausgeht, wehrten sich einst gegen Wagner und spotteten über die Wagnerianer, die aus solcher Nervenwirkung Beseligung holten, und auch heute beginnen die Vertreter einer Kunst, die mit minder narkotischen Mitteln auf die Seele des Menschen einsprechen will, Wagners allzustark gewürzten Trank von sich zu weisen.

Gleichwohl liegt in diesen dionysischen Wirkungen Wagners die stärkste und nachhaltigste Begründung für Nietzsches Ansicht, daß durch Wagner dem Drama das Dionysische wiedergewonnen worden sei. Wenn vollends Scherer das Wesen altgermanischer Dichtung Zug um Zug im Gegensatz zu winckelmannisch-apollinischem Griechentum entwickelte, so wies er germanischem Sang notwendigerweise einen dionysischen Grundcharakter nach.

Ich begnüge mich mit diesen Parallelen und lege sie der Nachprüfung hin. Ganz und gar nicht denke ich daran, die Übereinstimmung germanischen Sinnens und Formens mit Wagners Schöpfungen nach diesen Auseinandersetzungen schlechtweg wie eine wissenschaftlich nachgewiesene Behauptung zu fassen.

Ich begnüge mich mit weniger, begnüge mich, die Tatsache festzustellen, daß um 1870, von verschiedensten Seiten aus, drei Männer von der geistigen Höhe Wagners, Nietzsches und Scherers an einer einzigen Stelle zusammentrafen. Durch eine eigentümlich selbständige innere Verarbeitung und Umbildung der Anregungen, die in der Zeit lagen, durch eine Umgestaltung dieser Anregungen, die Wagners künstlerischem und menschlichem Naturell entsprach, erwirkte er das Dionysische. Das gleiche Dionysische wurde von Nietzsche in der Antike entdeckt und neben dem längst anerkannten Apollinischen der alten Griechenwelt zu einem unentbehrlichen Kulturbestandteil jener wie unserer Zeit erhoben. Scherer aber umschrieb altgermanisches Sinnen und Dichten in einer Formel, die dem Dionysischen gleichgestellt werden darf.

Der Nachwelt bleibe der Nachweis überlassen, wieweit diese Übereinstimmung durch die Zeit bedingt war. Ich selbst habe als weit jüngerer Zeitgenosse der drei nur noch hinzuzufügen, daß mir einst, dem jungen Germanisten, aus Scherers Schriften eine altgermanische Welt aufgegangen ist, deren Lebensgefühl mir gleichgetönt aus Wagners Werken, zunächst aus dem „Ring des Nibelungen", entgegentrat. Wenn ich mich in die altgermanische Welt versenkte, umwoben mich Klänge Wagners, und wenn ich Wagners Werke auf der Bühne erblickte, wurden sie mir von dem Lichte verklärt, in dem ich die altgermanische Welt innerlich erlebt hatte. Diese Gefühlstatsache ließ ich mir nicht durch wissenschaftliche Verstandeserwägungen zerstören, die mir sagten, wieweit im einzelnen Wagner von einer richtigen Erfassung des germanischen Altertums entfernt war. Kunst und Wissenschaft sind zwei grundverschiedene Dinge. Wissenschaftliche Erkenntnis zum Maßstab künstlerischer Scheingefühle zu machen, ist schweres Unrecht gegen die Kunst. Allein auch dem Jünger der Wissenschaft bleibt das Recht, sich von der Kunst das Letzte und Feinste, aber auch begrifflich Unfaßbarste reichen zu lassen: die Stimmung, in der er seine Wissenschaft erlebt.

Sollte ich gleichwohl zu begrifflicher Verdeutlichung weiterschreiten müssen, so wäre abermals auf Wagners Sprache hinzuweisen. Albert Fries gibt genug Belege, die Wagners Sehnsucht nach Entrückung, das in Scherers Sinn altgermanische heißleidenschaftliche Begehren nach einem Unerreichlichen, bewähren. Wie oft gebraucht Wagner das Wort „entrückt"! Und wiederum war diese Sehnsucht darauf gerichtet, Urmythos, Urgöttliches, Urheimatliches künstlerisch zu erfassen und zu gestalten. Drum spricht Wagner so gern von Uranfängen, von Uranschauung, von Urmenschlichem und Urvertrautem. Sein starkes Wollen suchte in diese Urwelt germanischer Art sich hineinzuleben, sie in sich zu erleben und aus dem Erlebnis heraus zum Kunstwerk zu gestalten. In diesem Kunstwerk aber sollte sie auch anderen zum Erlebnis werden.

Und sie ist es geworden. Ich zweifle nicht, daß nach 1870 viele in ähnlicher Übereinstimmung wie ich germanisches Altertum und Wagner fühlen gelernt haben. Noch mehr! In gleicher Übereinstimmung fühlt heute die weitere Kulturwelt Wagner und das Germanische.

Gern überschätzen wir die Bedeutung, die deutscher Kunst und Dichtung im Ausland zukommt. Noch immer kümmert sich der Deutsche viel mehr um die geistigen Leistungen anderer Völker, als diese um die geistigen Leistungen der Deutschen. Wohl bessert sich das Verhältnis allmählich zugunsten der Deutschen. Allein auch heute noch ist nur ein einziger deutscher Dichter und Künstler dem Ausland so wichtig und so beachtenswert, wie für uns Deutsche einst die französischen Klassiker, dann Voltaire und Rousseau, dann Shakespeare wurden: Richard Wagner! Bequem ist's, über das Bayreuther Publikum zu spotten und in der Mehrheit dieses Publikums nur erregungssüchtige und modetolle Amerikaner und Franzosen und Slawen festzustellen. Sollten unter den Nichtdeutschen, die nach Bayreuth pilgern, wirklich gar keine oder nur wenige sein, denen Wagners Werk Gegenstand ernsten, echten und tiefen Verständnisses ist? Jedenfalls bedeutet Wagners Leistung einen Sieg deutscher Kunst und damit einen Kulturerfolg, wie ihn noch kein anderer Deutscher, auch Goethe nicht, im Ausland davongetragen hat.

Nach vereinzelten älteren Versuchen waren deutsche Dichter seit der Mitte des 18. Jahrhunderts fast ununterbrochen bemüht, im Bewußtsein des Deutschen der altgermanischen Welt so viel Raum zu gewinnen, wie dort die antike Welt längst besaß. Trotzdem blieben die altgermanischen Götter und Helden blutlose Schatten und kamen nicht auf gegen die antike Mythologie, die den Deutschen etwas Selbstverständliches geworden war. Auch die Romantik brachte den Umschwung nicht, den sie doch wollte und suchte.

Nur durch Wagners Kunst ist es anders geworden. Sein Wotan, seine Brünnhilde, sein Siegfried stehen heute vor deutschen Augen ebenso lebendig da, wie die Götterwelt antiker Dichtung. Und nicht nur vor deutschen Augen! Auch der Amerikaner, der Engländer, der Franzose, der Russe, der Pole haben diese germanischen Vorstellungen dank Wagner in sich erlebt. Die mittelalterliche Sage, die in Wagners Tondichtungen zu Worte kam, ist dem Ausländer heute in der Form geläufig, die von Wagner ihr geschenkt worden ist, mag sie nun echt deutschen oder ausländischen Ursprungs sein. In den Ländern, in denen die Sagen von Tristan und Parsifal entstanden sind, hat Wagners Gestaltung der Sage die altheimische Überlieferung zurückgedrängt.

All das sind Kulturtatsachen und Kulturerfolge, die unvergessen zu bleiben verdienen, auch wenn eine neue Generation über Wagner hinausschreiten und zu anderer Fahne schwören wird. Was die deutsche Romantik einst geahnt, gehofft und geträumt hatte, ist durch Wagner für die Kulturwelt unserer Zeit zur Tatsache geworden: eine Renaissance der germanischen Welt, ebenbürtig der Wiedergeburt der Antike. Und nicht etwa nur Zugeständnisse an die Schlagworte der Zeit verhalfen in Wagners Werken der germanischen Welt zum Sieg. Daß Wagner den echten Ton des Germanischen getroffen hat, soweit er um 1870 der Wissenschaft erkennbar und erschließbar war, glaube ich dargetan zu haben.

Anmerkungen.

S. 1 f.: Spielhagen, Sturmflut, 1890 I, 328 f.

„ 3: H. Lichtenberger, Internationale Monatsschrift, März 1913, S. 719 ff. Das stärkste Zeichen der Zeit ist Emil Ludwigs Buch „Wagner oder die Entzauberten“ (Berlin 1913). Sein Wert liegt in der Vollständigkeit der Vorwürfe, die es gegen Wagner erhebt. Viel Neues bringt es nicht, mindestens für den, der die ältere Geschichte der Aufnahme Wagners kennt. Immerhin kann es — im Sinn meines Vorworts — dazu dienen, einzelne wesentliche Züge Wagners genauer zu betrachten und ihren Voraussetzungen emsiger nachzuspüren, als es bisher geschehen ist. Und so dient es mittelbar besserem Verständnis von Wagners Kunst, während es an einzelnen Stellen diesem Ziel auch unmittelbar zustrebt. Glänzend aber bestätigt es die Erkenntnis, die sich in neuerer Zeit mehr und mehr durchsetzt, wie wenig für die Ergründung und für das künstlerische Verständnis dichterischer Leistungen aus den biographischen Zeugnissen und aus der Betrachtung des äußeren Lebens eines Künstlers zu holen ist. Merkwürdig ist nur eins: während sonst die Schaffenden den geschichtlichen Betrachtern vorwerfen, daß sie das Kunstwerk einer oft indiskreten Beleuchtung des Privatlebens seines Schöpfers aufopfern, verfällt hier ein Dichter selbst einem Brauch, dem unsere Wissenschaft allmählich sich zu entziehen sucht.

„ 10 f.: Heine, Inselausgabe VIII 114 f. Vgl. Wagner III 306; ferner Wagners Aufsatz über die Hugenotten von 1837 (?), XII 22 ff.

„ 12: J. Dresch, Gutzkow et la Jeune Allmagne, Paris 1904, S. 369.

„ 15: Wagner über Hegel: VIII 45.

„ 18: Über Schopenhauer an Liszt II 45.

„ 20: H. Dinger, Richard Wagners geistige Entwicklung, Leipzig 1892, I, 255 ff.

„ 21: An Röckel S. 24 ff.; an Liszt II 45 f.

„ 22 f.: H. S. Chamberlain, Richard Wagner, 5. Auflage, München 1910, S. 417 f.

„ 23: R. Richter, Friedrich Nietzsche, sein Leben und sein Werk, Leipzig 1903, S. 105 ff. Kunst und Philosophie bei R. Wagner, Leipzig 1906, S. 23 f.

„ 26: Chamberlain S. 201.

S. 26 f.: Ebenda S. 204 f., 418. Vgl. Wagners Entwürfe, Gedanken, Fragmente S. 102.
„ 27 ff.: Chamberlain S. 381 ff. Ich denke an die Farben, die Leonhard Fanto für die neue Dresdner Inszenierung der „Meistersinger" verwertete.
„ 35 f.: Tannhäuser: IV 278 f.
„ 36: Der eigene Wille: Dinger S. 237.
„ 40: Richter, Nietzsche S. 111 f., Kunst und Philosophie S. 42 ff.
„ 43: Fr. Schlegel, Über das Studium der griechischen Poesie, in J. Minors Ausgabe der Jugendschriften I 140.
„ 47 f.: Wackenroder: Phantasien über die Kunst, 1799 Nr. 5, in J. Minors Ausgabe S. 71.
„ 53: Brief von 1847: vgl. Glasenapps und von Steins Wagnerlexikon S. 645 f.
„ 53 f.: Kunstwerk der Zukunft III 45 f.
„ 54 f.: Oper und Drama IV 78.
„ 55: Zukunftsmusik VII 88.
„ 56 f.: Beethoven IX 103 f.
„ 60: G. Adler, Richard Wagner, Leipzig 1904, S. 229 ff.
„ 70 f.: Herder, erstes kritisches Wäldchen bei Suphan III 104 ff.
„ 73 f.: Novalis: in J. Minors Ausgabe II 210, III 324.
„ 74: Oper und Drama IV 128.
„ 75 ff.: O. Ludwig: in A. Sterns Ausgabe VI 215 ff.
„ 77 f.: Oper und Drama IV 78 f. Vgl. oben S.
„ 85: W. Scherer, Vorträge und Aufsätze, Berlin 1874, S. 12 ff. Zur Geschichte der deutschen Sprache, 2. Auflage, Berlin 1878, S. 87 f.
„ 86 und 90: A. Fries, Aus meiner stilistischen Studienmappe, Berlin 1910, S. 40, 47, 50 f. 63.

2. Marlowe, Doktor Faustus. In der Übersetzung von Wilhelm Müller mit einer Vorrede von L. A. von Arnim herausgegeben und eingeleitet von B. Badt. In Pappband M. 2.50; in Leinen M. 3.50; auf Bütten in Leder M. 10.—.

Dieser Band bringt die Faustdichtung Christopher Marlowes, das kraftvolle, wildgeniale und von echtem Schönheitsdurst durchtränkte Werk von Shakespeares begabtestem Zeitgenossen und Nebenbuhler. Es bedeutet ebenso eine Voraussetzung wie einen Maßstab von Goethes Schöpfung. In der von L. A. v. Arnim eingeleiteten Übertragung Wilhelm Müllers ist Marlowes „Faust" zugleich ein wichtiges Denkmal deutscher Romantik.

3. Lessings Religion. Zeugnisse gesammelt von M. Joachimi-Dege. In Pappband M. 2.50; in Leinen M. 3.50; auf Bütten in Leder M. 10.—.

„Aus Lessings Schriften und Briefen werden die wichtigsten Stellen, die sein Verhältnis zum Christentum, seinen denkwürdigen Kampf gegen die protestantische Orthodoxie und um Toleranz und Menschlichkeit behandeln, zu einem mächtigen Zeugnis aneinandergereiht." Dr. J. Fränkel.

„Es gibt kein aktuelleres Büchlein als diese Sammlung religiöser Aussprüche, deren Wahrheit und Lebendigkeit seit den anderthalb Jahrhunderten, da sie zum ersten Male fielen, noch immer dieselbe wie am ersten Tage ist."
Bund, Bern.

4. Aus der großen Zeit des deutschen Theaters. Schauspieler-Memoiren zusammengestellt von Arthur Eloesser. In Pappband M. 2.50; in Leinen M. 3.50.

„Man wird nicht leicht ein so fesselndes Buch finden, wie die Auswahl aus den Schauspieler-Memoiren, die Arthur Eloesser zu einem Überblick über das deutsche Theater des 18. bis in die Mitte des 19. Jahrhunderts gestaltet hat. Überaus zu billigen ist, daß nur die wichtigsten Gewährsmänner zu Worte kommen: Brandes für die erste Zeit, Fr. Lud. Schmidt für die Hamburger Bühne mit dem großen Schröder, Iffland für Mannheim, für Weimar Eduard Genast; über die Blütezeit des Burgtheaters endlich plaudert Anschütz.
Dr. J. Fränkel.

Georg Müller und Eugen Rentsch München

5/6. Das poetische Berlin. I. Alt-Berlin. II. Neu-Berlin. Von Heinrich Spiero. In Pappband je M. 2.50; in Leinen je M. 3.50.

„... Und so lernen wir aus zwei knappen Bändchen Spieros nicht nur die eingeborenen Berliner und in Berlin wirkende oder hospitierende Dichter kennen, sondern bekommen einen spezifischen Querschnitt durch die deutsche Literaturgeschichte zweier Jahrhunderte zu sehen, der zugleich einen Abschnitt der Geistesgeschichte und der politischen Entwicklung, das Auf und Ab der Weltanschauungen in starken Dokumenten starker Persönlichkeiten bis zur Gegenwart in sich beschließt. Ist es nicht ein glücklicher Gedanke, z. B. Fontane durch Heyse, Auerbach durch Spielhagen, Hauptmann durch Brahm schildern zu lassen, und zwar mit dem Augenmaß, aber auch mit der verstehenden Herzlichkeit eines späteren Jahrzehnts? Können wir nicht fast mit einem zweiten Gesicht durch Berlin wandeln, wenn wir Paul de Lagardes Schilderung der Hauptstadt zu Beginn der vierziger Jahre lesen? Wenn wir wissen, wo das Hitzigsche, später Kuglersche Haus in der Friedrichstraße stand, daß in der Leipziger Straße im Hause seines Vaters Felix Mendelssohn vor Eichendorff und Gaudy musizierte, und daß Wilhelm Raabe die damalige Spreegasse in seine Sperlingsgasse umtaufte" usw.

Dr. F. Borchardt in der „Königsberger Hartungschen Zeitung"

7. Nordische Dichtungen. Übersetzt und eingeleitet von Hermann Neumann. In Pappband M. 2.50; in Leinen M. 3.50.

„Eine hübsche Auswahl von zum guten Teil in Deutschland wenig bekannten nordischen Gedichten mit einer sachkundigen und durch die Anschauung des Landes abgerundeten Einleitung gibt Hermann Neumann in den ‚Nordischen Dichtungen'. Besonders alles Volkstümliche zu übertragen, ist Neumann vortrefflich gelungen." „Weser-Zeitung".

„Die Einleitung ist eine kurze, prägnant und treffend geschriebene Literaturgeschichte der modernen nordischen Dichtung. Wer sich noch nie von der weichen, wundersamen Poesie des Nordländers hat beeinflussen lassen, wird in der Lektüre dieses eigenartig-herrlichen Werkes einen Genuß finden, der gar nicht zu beschreiben ist." Dr. Merz.

„Es reihen sich da Dichtungen von Björnson, Ibsen, Munch, Welhaven, Wergelend, Wolff, Dybeck, Fryxell, Runeberg, Birkedal, v. Quanten und Bjerregaart aneinander und ersichtlich wird uns somit nicht nur das allgemein Bekannte, sondern die wahrhaft geschmackvoll gesichtete Auswahl echter, charakteristischer Volkskunst gegeben. Hermann Neumann ist selbst ein feiner Lyriker, seine Übertragungen sind Nachdichtungen von seltener Schönheit, seine Einleitung ein Hymnus von begeisterter Liebe und Verstehen der nordischen Landschaft, die er uns als Dichter und als Nachdichter schenkt. Wir lernen aus diesem Buche viel, sehr viel, mehr als aus der Lektüre der gesammelten Werke der nordischen Klassiker; jedenfalls sollten wir dieses Werk lesen, ehe wir uns an jene machen, denn erst hier gewinnen wir die Eindrücke, das Verstehen, die erforderlich sind zum vollen Genießen der eigenartigen Kunst." „Bad. Zeitung".

8. **Rahel und ihre Zeit.** Briefe und Zeugnisse ausgewählt von Berta Badt. In Pappband M. 2.50; in Leinen M. 3.50.

Zusammen mit der Einleitung, welche die Folie bildet für das Selbstporträt der großen Frau, gibt dieser Band ein wohlgerundetes, glänzend charakterisiertes Bild der Rahel. Besser, als es eine rein biographische Schilderung könnte, vermitteln diese Briefe etwas von dem Dunstkreis des literarischen und gesellschaftlichen Lebens, welcher diese seltene Frau umgab.

9. **Deutsche Romantiker.** Aussprüche deutscher Romantiker über sich und ihre Genossen gesammelt von G. v. Rüdiger. Mit 13 Porträts. In Pappband M. 2.50; in Leinen M. 3.50.

„Das Bändchen führt einen glücklichen Gedanken mit Geschick durch. Nach einer zusammenfassenden Einleitung über die deutsche Romantik wird die Reihe der deutschen Romantiker männlichen und weiblichen Geschlechts in Porträtskizzen dargestellt, die aber so zustande kamen, daß die Herausgeberin Stellen aus Briefen, Aufsätzen und Büchern der Porträtierten selbst oder ihrer nächsten Freunde aneinanderfügt und so, wenn auch nicht vollständige, doch lebensvolle Charakteristiken erreicht."

Rich. Maria Werner in der „Zeit".

„Das Buch ist ein Kleinod subtilsten Kunstempfindens, dabei mit 13 feinen Porträts ausgestattet, in jeder Weise vollkommen und gediegen."

E. Triebnigg.

Georg Müller und Eugen Rentsch München

10. Germanische Renaissance. Charakteristiken und Kritiken ausgewählt und eingeleitet von Josef Körner. In Pappband M. 2.50; in Leinen M. 3.50.

„Eine Zusammenstellung der Urteile Goethes, Schillers, Herders, Friedrich Schlegels, Heines, Hebbels, Wagners und anderer über unsere ältere Literatur. Das Bändchen hat wirklich Sinn. Denn was es kenntnisreich zusammenträgt, kann für sich bestehen. Es kann für sich bestehen, was A. W. Schlegel über das Nibelungenlied, was Jakob Grimm über die angelsächsische Poesie, was Herder über Hans Sachs sagt. Ja selbst der Kundige mag nach solch übersichtlicher Zusammenstellung greifen, die ihm auf den ersten Blick bietet, was er sich sonst wohl erst rasch erblättern müßte."

Univ.-Prof. Dr. S. Nadler i. „Augsburger Postzeitung".

11. Deutsche Dramaturgie. Von Lessing bis Hebbel von Robert Petsch. In Pappband M. 2.50; in Leinen M. 3.50.

„Wer die dramaturgischen Leitgedanken Hebbels bequem beieinander haben will, der sei auf das umsichtige kleine Buch „Deutsche Dramaturgie von Lessing bis Hebbel" von Robert Petsch hingewiesen. Es erschien in der so gefällig ausgestatteten, von Oskar Walzel geleiteten Sammlung „Pandora", die uns schon mehrere wertvolle Bändchen (u. a. auch eine Ausgabe von Marlowes Faust in Wilhelm Müllers Übersetzung) beschert hat. Der 50 Seiten starken sachkundigen Einleitung Petschs folgen Auszüge aus den einschlägigen Schriften und Äußerungen Lessings, der Stürmer und Dränger, der Klassiker, der Romantiker und des jungen Deutschland; der letzte Abschnitt aber ist mit Fug und Recht betitelt: Hebbel und seine Zeit. Neben Hebbel kommen hier Rich. Wagner und Otto Ludwig mit ihren dramaturgischen Ideen und Prinzipien zum Wort." „Neue Züricher Zeitung."

12. Deutsche Parodien. Deutsches Lied im Spottlied von Gottsched bis auf unsere Zeit herausgegeben von Rich. M. Meyer. In Pappband M. 2.50; in Leinen M. 3.50.

Die vorliegende Sammlung soll als ein humoristisches und meist scharf satirisches Bilderbuch die wichtigsten Wandlungen der neueren deutschen Lyrik begleiten. Es sind nach Möglichkeit die besten Parodien ausgesucht worden, so daß eine Anthologie zur Geschichte des deutschen Spottliedes entstand. So zeigt diese Auswahl und ihre allgemeine Erläuterung durch den Herausgeber die wichtigsten Wendepunkte in der Geschichte wie der Lyrik so ihres Publikums.

Georg Müller und Eugen Rentsch München

Druck von Mänicke & Jahn Rudolstadt. Einbandzeichnung von Paul Renner